To my Chinese readers, with all my love

献给S. T. de L.,
一位在我还没有意识到时,便开始帮助我的人。

维罗妮卡决定去死

〔巴西〕
保罗·柯艾略 著

闵雪飞
译

Veronika
Decide
Morrer

PAULO
COELHO

北京出版集团
北京十月文艺出版社

新经典文化股份有限公司
www.readinglife.com
出 品

我已经给你们权柄可以践踏蛇……断没有什么能害你们。

——《路加福音》10:19

一九九七年十一月十一日,维罗妮卡决定自杀。这一刻终于到了。她仔细地打扫了修女院的出租屋,关上暖气,刷了牙,躺在床上。

她从床头柜上拿起四盒安眠药,没有把药片碾碎掺进水里,而是一粒接一粒地吞服,这样,意图与行动之间会出现一段长长的距离,在这条通往死亡的道路上,她可以随时反悔。然而每吞下一粒药,她便愈加坚定。五分钟之后,药盒全空了。

她不知道失去意识需要多长时间,因此把一本法国杂志《男人》放在床上。这本当月的杂志刚刚送抵她工作的图书馆。她对信息科学并没有什么特殊的兴趣,不过在翻阅杂志时,偶然发现了一篇与某种光盘游戏(CD-ROMS,人们都这么叫)有关的文章。这个游戏是一位巴西作家保罗·柯艾略发明的,在联合酒店咖啡厅召开的一次报告会上,她恰好认识了他。两人交换过只言片语,他的出版商曾邀请她共进晚餐。不过人实在太多，根本无法就任何事情展开深入的探讨。

她认识这个作家。这件事让维罗妮卡觉得他成了她世界的一部分，而阅读这篇讲述他工作的文章可以帮助她打发时间。维罗妮卡一边等待着死亡，一边读着这篇信息科学方面的文章，她对这一领域其实丝毫不感兴趣——这与她一生的所作所为也颇为相符，她寻找的都是易如反掌或者唾手可得的东西，就像这本杂志。

出乎意料的是，文章的第一行竟把她从天生的消极中解脱出来（安眠药还未在她的胃里溶化，但维罗妮卡是个天性消极的人），而且，那文字竟然让她平生第一次认为朋友中流行已久的一句话是正确的："一切的发生都不是偶然的。"

为什么这行字会出现在她开始死亡的这一刻呢？如果这一切不是巧合，而是隐匿信息的真实存在，那么隐匿在她眼前的信息又是什么呢？

在那个电脑游戏的图片下方，记者用这样一个问句作为文章的开头：

"斯洛文尼亚在什么地方？"

没有人知道斯洛文尼亚在哪儿，她想，也不知道那是什么东西。

可是即便如此，斯洛文尼亚依然存在。它在外，它在内，它在她周围的群山之中，它在她眼前的广场上：斯洛文尼亚是她的祖国。

她把杂志抛到一边。对于完全无视斯洛文尼亚存在的那些人，她已毫无心情愤懑，祖国的荣誉已与她无关。此刻她只为自己骄傲，她终于有能力有勇气放弃生命，这是多么开心的事！而且一切如她所愿：她服下了药片，可以不落痕迹地死去。

维罗妮卡花了差不多六个月才搞到这些药。她本以为永远不可能搞到药，因此甚至考虑过割腕自杀，尽管她知道房间里会到处是血，修女们会手足无措，惊慌不安。自杀时第一个要考虑的是自己，然后才是旁人。她本不想让自己的死给别人添麻烦，但如果割脉是唯一的可能，那她也没有法子。不过，修女们可就得清扫房间，然后再把这桩往事彻底忘掉，不然这房间就没法再租出去了。不管怎样，世界已经处于二十世纪的末尾，却仍有很多人对神鬼之说深信不疑。

当然了，她也可以从卢布尔雅那为数不多的几座高楼上纵身跳下，不过，这会给她的父母带来多少意外的苦楚？女儿的死已经让他们深受打击，又要被人逼着去辨认一具损毁变形的尸体。不，这种死法会给两个一心为她着想的人留下难以愈合的创伤，简直比流血致死更拙劣一千倍。

女儿的死，他们会慢慢习惯的。但是他们大概忘不了一个摔得稀巴烂的头颅。

开枪、跳楼、自缢,这都不符合她那女人的天性。女人自杀总是选择更罗曼蒂克的死法——就像割脉,或服用过量的安眠药。在这方面,被冷落的王妃或好莱坞女星是极好的榜样。

维罗妮卡知道,生活无非是等待,等待行动的最佳时机。的确如此:她成天抱怨睡不着觉,两个朋友动了恻隐之心,每人给她弄了两盒药,这药效力强劲,当地夜总会的乐手喜欢服用。维罗妮卡把药在床头柜上放了整整一个星期,她爱上了这渐趋渐进的死亡,并毫无伤感地与这种叫作"生命"的东西作别。

现在,她兴高采烈,因为生命走向了终点;她失魂落魄,因为不知道怎样打发这所剩无几的时间。

她又读起那篇可笑的文章:一篇关于电脑的文章怎么会拿这么愚蠢的句子开头呢?"斯洛文尼亚在什么地方?"

她实在找不到其他有趣的事,因而决定把这篇文章读完。她发现那个游戏原来是在斯洛文尼亚生产的,因为这儿劳动力更廉价。除了当地居民,好像没人知道这个奇怪的国家在哪里。就在几个月前发布这款产品时,法国的生产商还在弗莱德的一个古堡里举行了一场宴会,邀请了全世界的记者。

维罗妮卡记起来,自己听说过那场宴会,那可是城里的大事。古堡被修缮一新,布置得更符合游戏中设置的中世纪场景,而且参加宴会的记者有德国人、英国人、意大利人、西班牙人,而斯洛文尼亚人却连一张请柬都没有收到,所以本地媒体闹翻了天。

《男人》的撰稿人是第一次来斯洛文尼亚,想必不是他自己掏钱,那段时间,怕是他只顾着逢迎其他记者,说一些自以为有趣的话,在城堡里白吃白喝。他计划写文章时用一个笑话开头,以博自己国家的酸腐文人一笑。而当地风俗如何不堪、斯洛文尼亚妇女的服饰如何难看的不实传闻,想必已然被他在编辑部中大肆宣扬了一番。

那是他的问题。维罗妮卡快死了,她担心的是别的,比如人死之后是否还有生命存在,她的尸体什么时候会被发现,等等。但即便如此,或者正因如此——她的决定实在是太重大了,那篇文章依然让她觉得不快。

她从修女院的窗户看着卢布尔雅那的小广场。如果他们连斯洛文尼亚都不知道,那卢布尔雅那就更是神秘之境了,她想,就像亚特兰蒂斯①、利莫里亚②,以及其他负载了人类奇思妙想的业已消失的大陆一样。无论在世界上的什么地方,没有人写文章时先问珠穆朗玛峰在哪里,哪怕从来没有到过那里。然而在欧洲,一个重要刊物的记者却毫无羞耻地这样发问,因为他

---

① 传说中具有高度文明的岛屿,一万八千年前沉入大西洋海底。
② 传说中沉入印度洋的一块大陆。

清楚大部分读者不知道斯洛文尼亚在哪里。而它的首都卢布尔雅那就更不为人所知了。

就这样,维罗妮卡找到了一种打发时间的方式。十分钟过去了,她的身体机能仍未出现异常。她此生的最后一个行动是给那家杂志写了一封信,告诉他们斯洛文尼亚是从过去的南斯拉夫分离出来的五个共和国之一。

这封信将成为她的遗书。而真实死因,她却绝对不会给出答案。

人们发现她时会断定,她之所以自杀,是因为一份杂志不知道她的祖国在哪里。想到报纸上会争论不休,想到人们会支持或反对她为了捍卫国家荣誉而去自杀的行为,她便不禁偷笑。这么快就改变了主意,她自己也觉得惊讶,几分钟前她的想法还正好相反,觉得世界和其他地理问题与她没有半点关系。

她写好了信。此刻她神清气爽,简直想改变自杀的想法了,不过她已经服了药,想回头也晚了。

从前,她也曾有过这般神清气爽的时刻,之所以自杀,不是因为悲伤、苦楚,或深陷沮丧无法自拔。多少个午后,她曾快乐地漫步在卢布尔雅那的街上,或是从修女院的窗口望着雪花飘扬在小广场上,诗人的雕像正矗立在那里。一次,一个陌生男人在广场中心送了她一束花,差不多一个月的时间里,她都快乐得仿佛在云端徜徉。

她相信自己是个平凡的人。自杀的决定源自两个简单的理由，她相信如果她肯在遗书中详细说明，很多人会同意她的做法。

第一条理由：生命里的一切均一成不变，一旦青春消逝，一切都会朝着不好的方向发展。衰老将留下无法逆转的印记，疾病来了，朋友们远去。终于，活着不会为生命增光添彩，而刚好相反，受苦的可能却大大增加。

第二条理由更为哲学：维罗妮卡读报纸也看电视，她知道世界上发生了什么。一切都错乱了，而她却无法重整局势，这使她觉得自己很无能。

不久之后，她会经历人生的最后一种体验，这一次应该与过去不同：这是死亡的体验。她写好了那封信，就把那个问题丢在一旁，将心神集中在对于正在活着——或正在死亡——的人更为重要、更为本质的问题上。

她想象着死亡是什么滋味，但却没有答案。

其实她不用挂在心上，不出几分钟她就会知道了。

可到底需要几分钟呢？

她不清楚。不过她很高兴，因为她将知晓一个所有人都问过的问题的答案："上帝是否存在？"

与很多人不同,这个问题并没有给她带来太多内心纠葛。旧日的共产主义体制下,官方教育声称生命将以死亡告终,对于这个观点她早已安之若素。但她的父母和祖父母一辈却常去教堂、祈祷、朝圣,虔诚地相信上帝正倾听着他们的话语。

二十四岁,在经历了可能经历的一切之后——看来可不是乏善可陈!——维罗妮卡几乎可以确信,死亡将终结一切。因此她选择了自杀,这是最后的自由,这是永远的忘却。

然而在她的内心深处,依然潜藏着一个疑问:上帝是否存在?几千年的文明将自杀变成了一种禁忌,一种针对所有宗教规范的抗争:人斗争是为了存活,而不是为了屈服。人类需要繁衍。社会需要劳动力。就算爱情已经不复存在,夫妇二人依然需要一个理由生活在一起。一个国家需要士兵、政要和艺术家。

如果上帝存在——说真的,我并不相信——他会明白,人类的理解力是有限的。正是他创造了这片混沌,充斥着贫困、不义、贪念与孤独。他的本意很好,但是结果却不怎么样。如果上帝真的存在,对于想早点离开这个世界的生灵,他应该宽容一点儿,甚至应该乞求我们的原谅,因为他竟逼我们生活在这样的人间。

让禁忌和迷信见鬼去吧!她那位笃信宗教的母亲说:"不管过去、现在和将来,上帝没有不知道的事。"那么,在他把她安放于人间的一刻,他就应该知道,有一天她会自杀而死,因此他不会对她的行为感到震惊。

维罗妮卡开始感到一阵轻微的恶心,这感觉越来越强烈。

不过几分钟,她的注意力便无法集中在窗外的广场上了。她知道现在是冬天,时间大约是下午四点,太阳很快就要落山了。她知道其他的人依然活着。此刻一个小伙子经过她的窗前,看见了她,却一点儿都没意识到她正准备死去。一个玻利维亚乐队(玻利维亚在哪里?为什么杂志不问这个问题?)正在弗兰策·普列舍仁的雕像前演奏。这位伟大的斯洛文尼亚诗人,深深地镌刻在人民的心底。

她还能不能听完这首从广场上传来的曲子呢?这将是她一生的美好记忆:日近黄昏,乐声悠扬,倾诉着世界另一端的梦想,房间温暖而舒适;那个相貌英俊、生气勃勃的小伙子路过这里,停下脚步,面对面地看着她。她知道药效正在发作,他会成为最后一个见过她的人。

他对她微笑。她也报以微笑——反正她也没有什么可失去的。他向她挥挥手,而她却假装看着其他东西。真是的,这小伙子有些贪心了。他不知所措,只好继续走自己的路,并永远地忘记窗子里的这张脸。

然而维罗妮卡很开心,因为人们再一次渴望着她。她自杀,不是因为失恋，不是因为缺少家庭温暖，不是因为经济问题，也不是因为罹患不治之症。

就在卢布尔雅那的这个美丽的傍晚，玻利维亚乐手正在广场上演奏，一个青年从她窗前走过，而维罗妮卡决定去死。令她开心的是她的眼睛尚能看，耳朵尚能听。更让她开心的是她不需要看着同样的事情发生三十、四十乃至五十年，那样，人生不但了无新意，更会变成一场日复一日不断重复的悲剧。

此刻她的胃开始翻江倒海，她感到很难受。真好笑！我原以为过量的安眠药会让我迅速入眠的。然而耳边只听到一阵奇怪的嗡嗡声。她想吐。

如果吐了，我就死不了了。

她决心忘记绞痛，全神贯注地等着夜幕迅速降临。她挂念着玻利维亚人和那些关上店门准备回家的人。然而耳中的噪音越来越尖厉，服下安眠药后，维罗妮卡第一次感到了恐惧，一种对未知的极大的恐惧。

但是很快就过去了。随即她便失去了知觉。

睁开眼睛时,维罗妮卡并没有想"这应该是天堂吧"。天堂里绝对不会用荧光灯照明,而且这疼痛,这瞬间的疼痛绝对是属于人间的。啊!这人间的疼痛啊!它独一无二,绝不可能与其他东西混淆。

她想动一动,但痛楚加剧了。她眼前出现了很多小小的闪光点,维罗妮卡明白,这些光点不是天堂的星星,而是由极度的痛楚造成的。

"你醒了,"她听见一个女人的声音,"你现在双脚踏进了地狱。欢迎你!"

不,不可能。那个声音在骗她。这不是地狱,因为她感到很冷,而且发现自己的嘴和鼻子都插着管子,其中一根一直插到喉咙下面,让她觉得有些喘不过气来。

她想动手拔掉管子,但是胳膊被绑住了。

"我开玩笑呢,这不是地狱。"那声音继续说,"那个地方我可没去过。这儿还比不上那儿呢！这里是维雷特。"

尽管维罗妮卡痛楚难当，喘不上气，但她一下子就明白究竟发生了什么。她想自杀，有人来救了她。也许是修女，也许是不期而至的女友，也许是什么人想起来把她落下的东西还给她，而她自己早已忘得一干二净。事实就是，她活了下来，现在人在维雷特。

维雷特颇有名望，是一座令人生畏的疯人收容所，从一九九一年，即国家独立的那一年便开始存在了。那个年代，人们觉得南斯拉夫的分裂将会以和平方式进行（事实上，斯洛文尼亚不过遭遇了十一天的战争），一群欧洲企业家获得允许，在一所因维护费用高昂而废弃的军营旧址上建立一家精神病院。

然而不久之后，战争便开始了：先是克罗地亚，后是波黑。企业家们忧心忡忡：投资人分散在世界各地，有的连名字都不大清楚，这样很难和投资人坐下详谈，求得原谅，请他们再耐心一点儿。后来这个问题解决了，他们在精神病院采用了一个不值得称道的政策。对于这个刚刚摆脱一种宽容共产主义的年轻国家来说，维雷特便象征着资本主义制度最不好的一点：只要有钱，就可以弄到床位。

很多人因遗产争议（或其他不合宜的行为），希望摆脱某个家庭成员。只要他们付上一笔钱，便会搞到一份医生证明，把制造麻烦的子女或父母关进医院。还有一些人或是欠了钱，或是犯了事，可能会坐很长时间的牢，也会在疯人院待上一阵，等出来的时候，就不用还钱或坐牢了。

维雷特，没人逃得出去。这里有司法机关和其他医院送来的真正的疯子，也有被人诬陷或装疯卖傻的人。结果是乱成一团，报纸上时不时地爆出丑闻，说医生虐待病人，滥用职权，尽管根本没人获得允许进入疯人院，亲眼看看到底是怎么回事。政府调查过这些指控，但没有真凭实据，而且股东威胁说，会让其他人知道外国人在当地投资有多么艰难。因此疯人院一如既往，甚至越来越壮大。

"几个月前，我姨妈自杀了，"那个女人接着说，"整整八年，她不想离开房间一步，胡吃海塞、发胖、抽烟、服安眠药，大部分时间在睡大觉。她有两个女儿，丈夫很爱她。"

维罗妮卡想把头转到声音发出的方向，但没法做到。

"只有一次，我见识了她的反抗，那是在她丈夫找了一个情人的时候。她大闹了一场，消瘦了好几斤，家里的碗都被她砸得稀烂。她连着几星期大喊大叫，邻居们都没法睡觉。你可能会觉得这很荒唐，但我觉得这是她一生中最幸福的时光，因为她在为一些东西斗争，她觉得自己充满了活力，能够对抗所有必须面对的挑战。"

这事和我有什么相干？维罗妮卡苦于有口难言，只能心底暗想，我又不是她姨妈，我又没有丈夫！

"她丈夫最终甩了那个情人。"女人接着说，"我姨妈慢慢地回归到了惯性的消极中。一天她给我打电话，告诉我说她要改变自己的生活：她已经戒了烟。而就在同一个星期，由于没烟可抽，她加大了安眠药的用量，然后通知大家，她要自杀了。

"没人相信她的话。一天早上，她在电话录音里给我留了一个口信，向我告别，然后开煤气自杀了。这个留言我听了不止一次：我从没听过她这样讲话，语气如此冷静，如此认命。她说自己谈不上很幸福，也谈不上不幸，正因如此，她再也没法忍受这种生活了。"

维罗妮卡同情这个讲故事的女人，看上去她很想理解姨妈的死因。在一个不惜任何代价也要活下去的世界里，该怎么评价那些决定去死的人呢？

没人能做出评价。每个人都知道自己受的什么苦，或是自己的生活多么没有意义。维罗妮卡想辩解几句，但是插管堵住了她的嘴，让她有点气闷。女人赶过来帮忙。

她看到女人躬下了身子。她的身体绑缚在床上，还插了管子，防止她把自己毁掉。这背离了她的意愿和自由意志。她的头从一侧摇向另一侧，眼睛里写满哀求，希望别人帮她把插管拔掉，让她安安静静地去死。

"你太激动了。"那女人说，"我不知道你究竟是后悔了，还是依然想死。我不关心这个。我只关心一点：我得尽到责任，当病人焦躁不安时，按照规章要求，我得给他打一针镇静剂。"

维罗妮卡停止了反抗，但护士还是在她的胳膊上打了一针。很快她便回到了一个陌生的世界，她没有做梦，唯一记得的是刚刚看见的那张女人的脸：绿色的眼睛，棕色的头发，一种全然冷漠的神情，这属于一些因为不得不做而去做事的人，他们从来不问为什么规章要求这样或那样做。

三个月之后，保罗·柯艾略知道了维罗妮卡的故事，那时他正在巴黎的一家阿尔及利亚餐厅与一位斯洛文尼亚朋友共进晚餐。她也叫维罗妮卡，是维雷特负责人的女儿。

后来，他想把这个故事写成一本书。为了不让读者搞混，他曾考虑过把朋友的名字维罗妮卡改成别的。他曾想把这名字改成布拉斯卡、埃德维娜、玛丽耶茨基亚，或者随便一个斯洛文尼亚名字，但最后还是决定保留真实的名字。当提到作为他朋友的维罗妮卡时，会称她为朋友维罗妮卡。而提到另外一个维罗妮卡时，名字前则不需要添加任何修饰语，因为她是主人公，若是总读到"疯子维罗妮卡"或者"想自杀的维罗妮卡"，读者不烦才怪。其实，无论是他自己还是朋友维罗妮卡，在故事中只占很小的篇幅——也就在此章中出现而已。

朋友维罗妮卡对她父亲的行为深感恐惧，这基于两层考虑：首先，他领导着一家希望获得世人尊重的机构；另外，他正在撰写的论文需要通过一家正规学术团体的审查。

"你知道'庇护'这个词是从哪儿来的吗?"她这样问,"从中世纪来的,来源于人们可以在教堂这个神圣的处所避难的权利。庇护的权利,任何一位文明人都明白这是什么意思!而我的父亲,疯人庇护所的院长,怎么会这样对待病患?"

保罗·柯艾略想了解全部细节,他对维罗妮卡的故事如此着迷,因为他有着极好的理由。

理由正是:他也住过疯人庇护所,或收容所——这个名字更为世人熟知。而且不仅住了一次,而是分别于一九六五年、一九六六年和一九六七年住了三次。他住的是埃依拉斯医生卫生院,位于里约热内卢。

至于他住院的原因,直到今天连他自己都百思不得其解。或许他时而胆小如鼠,时而胆大包天的异常举止让父母伤透了脑筋;或许因为他想成为"艺术家",而家里所有的人都觉得这是一种游离于社会边缘,并在贫贱中死去的最好方法。

每当他想到这里——这里得说一句,他极少想这件事——总觉得那个没检查出任何实际症状便同意他入院的医生是个真正的疯子。(每个家庭都是如此,人们总是倾向将责任推给外人,而且信誓旦旦地认为,当父母做出一个如此重大的决定时,他们并不知道自己在做什么。)

当保罗知道维罗妮卡留下一封奇怪的信时,他笑了。在那封写给媒体的信中,她抗议一家著名的法国杂志竟然不知道斯洛文尼亚的位置。

"谁也不会因此自杀。"

"所以,那封信没产生任何效果。"朋友维罗妮卡强笑着说,"就在昨天,我入住酒店的时候,还有人以为斯洛文尼亚是德国的一个城市。"

这毫不稀奇,他想,就像很多外国人认为阿根廷的布宜诺斯艾利斯是巴西的首都一样。

很多外国人愉快地跟他打招呼,向他讲述首都(其实那是邻国的)如何美丽。除了也生活在这样一个国家之外,保罗·柯艾略和维罗妮卡还有一点相同,尽管上文已经提过,但此处不妨再说一次:他们都住过精神病院。"你就不应该从那儿出来。"有一次,他的第一任妻子曾这样评论。

但是他出来了。最后一次从埃依拉斯医生卫生院出来时,他决心再也不回去了。他许下了两个誓言:第一,他会就这个题材写一本书;第二,父母离世之前,他不会把这件事情公之于众,因为他不想伤害他们,很多年里他们都为自己曾做过的事自责不已。

一九九三年,他母亲去世了。而他的父亲一九九七年满了八十四岁,尽管从不吸烟却得了肺气肿,尽管因为找不到一个能忍受他怪癖的女佣而不得不吃冷冻食品,却依然活得好好的,而且身体硬朗,头脑清楚。

这样,听完了维罗妮卡的故事之后,他找到了写这个题材而又不食言的方法。虽然他从来没想过自杀,却谙熟疯人院,比如说治疗手段、医患关系,以及住在那样一个地方的苦与乐。

好吧,我们让保罗·柯艾略和朋友维罗妮卡从这本书里彻底退场,然后继续讲述这个故事。

维罗妮卡不知自己睡了多久。她记得曾经醒过一次，鼻子和嘴里插着呼吸机的管子，然后听到一个声音说：

"你想让我给你手淫吗？"

现在，她睁大了眼睛，环视着左右。她无法断定那是真事还是幻觉。除了这点记忆，她想不起来别的，什么都想不起来。

管子已经拔掉了，但身上还挂着点滴，心脏和头颅依然连着线，胳膊被紧紧绑在床上。她一丝不挂，只有一张床单裹着身子。她很冷，但决定不去声张。小小的房间挂着绿色的窗帘，装满了重症监护设备，有一张床，她就躺在上面，还有一把椅子，一个护士正坐在上面看书，以此消磨时光。

这回这个女人有黑色的眼睛，栗色的头发。不过，维罗妮卡依然怀疑她就是几个小时——或几天前——与自己交谈的那个女人。

"你能把我的胳膊松开吗？"

护士抬眼看了一下，干巴巴地回答了一声"不行"，又低下头看起书来。

我还活着，维罗妮卡想。一切又要重新开始。我会在这里待上一段时间，直到医生认为我完全康复。之后他们让我出院。我会再次看到卢布尔雅那的大街小巷、它的圆形广场、桥梁与行走在路上上班下班的人。

人们总是倾向于帮助别人，觉得这样的自己比真实的更好，所以他们会给我一个工作，让我重新回图书馆上班。时光流转，我会重新光顾过去常去的酒吧和夜总会，会和朋友讨论这世间的问题与不公，会去电影院，会在湖畔散步。

因为选择服药自杀，所以我的身体没有损毁。我依然年轻、漂亮、聪明过人，因此对我而言，找个恋人将不会有——过去也没有——任何困难。我会和他们在家里做爱，或者在森林里野合，我会有快感，但高潮过后，空虚会重新占据心灵。等我们无话可谈之时，无论是我还是他都明白，到说抱歉的时候了，彼此会说一声"现在太晚了"或"明天我要早起"，然后两人匆匆离去，甚至不敢看对方的眼睛。

我回到修女院的出租屋，尝试着读本书，或打开电视机看些一成不变的电视节目，然后上好闹钟，以备第二天能准时醒来，前一天我也是在那一刻醒来的。在图书馆，我机械地做着交代给我的工作。我在剧院对面的花园里吃三明治，总是坐同一张长椅，就像我身边的人，他们也选择坐在同一张长椅上吃午后点心。他们目光空洞，却假装在关注极为重大的事情。

然后我回到工作地点，听听人们的评论，谁和谁一起交往，谁正在遭受什么罪，谁如何为了丈夫痛哭流涕。我会产生这样的优越感：我条件优越，漂亮可人，又有工作，能找到我爱的男人。黄昏时分我来到酒吧，一切重新来过。

因为我的自杀行为，我的母亲必定焦急万分。但她会从恐惧中恢复，然后不断追问我该怎样度过余下的生命，因为我和其他人不一样，其实生活并非像我想象的那般复杂。"比如我，我和你父亲结婚很多年。我一直想给你最好的教育，尽可能给你做个好榜样。"

一天，我厌倦了这千篇一律的说辞，为了让她高兴，我强迫自己爱上一个男人，与他结了婚。我与他终将找到一种共同梦想未来的方式：住进乡村别墅，一起生儿育女，为我们子女的未来操劳。第一年，我们常常做爱；第二年，做得少了一些；从第三年开始，我们可能半个月才想一次性爱，而把想法化作行动，通常一个月却只有一次。更糟糕的是，我们不再交谈。我强迫自己接受这个现实，自问是不是有什么做错的地方。我无法吸引他，他不再注意我，成天谈论自己的朋友，仿佛他们才是全部的世界。

就在婚姻奄奄一息之际，我怀孕了。我们会有一个孩子，有一段时间我们两个会彼此靠近，然而不久之后，一切又回到老样子。

然后我会开始发胖，就像昨天（或者是前几天，我记不清了）那位护士的姨妈一样。我开始节食，但每一天、每一个星期都会遭遇全面挫败，无论我如何节制，体重还是不断攀升。这时，我会服用一些仿佛具有魔力的药片，这样才不至于沉陷于抑郁之中。一些匆匆而逝的爱的夜晚过后，我会有几个孩子。我会告诉所有的人，孩子是我生活的理由，而实际上，是他们要求我为生活找个理由。

人们总认为我们是一对幸福的伴侣，但没有人知道那幸福的表象背后隐藏的孤独、苦楚与弃绝。

直到有一天，当我的丈夫找到第一位情人时，我也许会像那位护士的姨妈一样，大吵大闹一番，或者重新考虑自杀的可能。不过那时，我老了，胆子变小了，而且还有两三个孩子，在放弃一切之前，我得养育他们，把他们安顿在这世间。我不能自杀，我会闹，会威胁带着孩子离家出走。就像所有的男人一样，他会退缩，对我说他依然爱我，并保证不会再犯。他从来想不到这一点：如果我决定一走了之，唯一的可能是回到我父母的家中，然后在那里度过余生，我将不得不终日忍受母亲的絮絮叨叨，因为我失去了幸福的唯一机会，他虽然有些小毛病，但还是个好丈夫，况且我的孩子也会因为父母离异倍感痛苦。

两三年以后，他的生命里会出现另外一个女人。我总会发现的，或是我自己看到，或是其他人告诉我，但是这次我会装聋作哑。在与上一个情人的斗争中，我已经耗尽了所有的精力，现在一点儿都不剩了，所以还是接受生活本身的模样，而不是我想象的模样。我母亲说的是对的。

他依然对我很好，我依然在图书馆工作，依然在剧院前的花园里吃三明治，读那些永远读不完的书，看些十年、二十年乃至五十年一成不变的电视节目。

只是当我吃三明治时，我会有些负疚，因为我在发胖；而我也不会再去酒吧了，因为我有丈夫，他正在等我回家照顾孩子。

从此，我将只有把孩子们养大这一个盼头，整日想着自杀，却不敢实施。在一个美丽的日子，我会得出一个结论，生活就是如此，既不会前进，也不会改变。我认命了。

维罗妮卡结束了内心独白，然后向自己发誓：绝对不会活着走出维雷特。在她还有勇气与健康去死的时候，最好现在便结束一切。

她睡着了,然后醒来几次。她发现身边仪器的数目在减少,身体的温度在升高,护士的面孔不停地变化,不过她身边总是有人照顾。绿窗帘挡不住人的哭声、呻吟声,以及冷静而专业的轻声低语。有时远方的仪器会忽然鸣响,她听到走廊里匆匆的脚步声。这时,那些声音会一改平日的专业与冷静,变得紧张,并快速地下达命令。

一次,当她醒来时,一个护士问她:

"你不想知道自己的情况吗?"

"我心里清楚。"维罗妮卡回答说,"不是你看到的我的身体情况,而是我内心发生了什么。"

护士还想再说几句,但是维罗妮卡装作睡着了。

当她睁开眼睛时,第一次发现自己换了个地方,现在她似乎躺在一间很大的病房里。胳膊上依然吊着点滴,而其他的针和线已经被拔除了。

一位医生站在她床前。他很高,穿着一件传统的白色长袍,这与他那刻意染成黑色的头发和髭须形成了鲜明的对比。他身边站着一位实习医生,手中拿着一个硬皮本子,正在记录。

"我在这里待了多久了?"她问道。她发现自己说话有些困难,没法把话说清楚。

"在病房待了两个星期,之前还在急救室待了五天。"老医生回答道,"你要感谢上帝,因为你还在这里。"

年轻一点儿的医生面露惊异之色,仿佛最后一句话不符合事实一般。维罗妮卡马上发现了他的异常,本能地想:难道我待的时间不止这么长吗?我现在还没脱离危险吗?随后,她开始注意起两位医生的一言一行。她知道提问是没用的,他们不可能实话实说，不过如果她足够机灵，至少可以了解现在的情况。

"告诉我你的姓名、住址、婚姻状况和出生日期。"老医生接着说。

维罗妮卡知道自己的姓名、婚姻状况和出生日期，但是她发现自己的记忆出现了空白：她竟然记不得住址了。

老医生拿灯照着她的眼睛，检查了很久，一言不发。年轻医生也照做了一遍。两人交换了眼神，但从眼神里什么都看不出来。

"你曾经和夜班护士讲，我们看不到你的内心？"年轻医生问道。

维罗妮卡记不得了。她想不起来自己是谁，又在这里做什么。

"你总是靠安眠药入睡，这会损害你的记忆力。请尽力回答我们问的所有问题。"

医生们开始问一些荒谬至极的问题：卢布尔雅那最重要的媒体有哪些？广场上的那个雕像是哪个诗人？（啊！那是她永远不会忘记的东西。他的形象深深地镌刻在每个斯洛文尼亚人的内心深处。）她母亲的头发是什么颜色的？她同事叫什么名字？图书馆哪本书最受读者欢迎？

一开始维罗妮卡不想回答，她的记忆依然是一团乱麻。但是随着提问的深入，她慢慢地记起了忘掉的东西。终于，她想起自己身在精神病院，而疯子是没有义务前后一致的。但是为了自己着想，只有把医生留在身边，她才能发现更多和病情有关的东西，于是她开始努力思考。慢慢地，她想起了更多的名字，更多的事，不但记忆恢复了，而且连个性、欲望与看待生活的方式也回来了。自杀的这个想法，那天早上本来被镇静剂深深掩埋了，现在又蠢蠢欲动，呼之欲出。

"好了。"问话结束时，老医生说。

"我还要在这里待多长时间？"

年轻医生垂下眼帘。她感到一切都虚无缥缈，仿佛一旦这个问题得到答复，她的生命就将写下新的一章，再没有任何人能够改变。

"你但说无妨。"老医生指示，"很多病人已经听到了风声，她迟早会知道，在这个地方什么秘密都守不住。"

"好吧。这命啊，都是你自己决定的。"年轻医生叹了一口气，权衡着话语的轻重，"你要知道自己行为的后果：你滥用麻醉剂，造成了深度昏迷，心脏受到了无法挽回的伤害。心室有一处坏死……"

"说得简单点。"老医生说，"直接说她关心的事。"

"你的心脏遭受了无可挽回的损害，很快就会停止跳动。"

"这是什么意思？"她害怕地问。

"心脏停跳只意味着一件事,就是肉体的死亡。我不知道你信仰什么宗教,但是——"

"多长时间之后,我的心脏会停跳?"维罗妮卡打断了他。

"五天,最多一星期。"

维罗妮卡发现,在专业行为的表象与忧虑关心的神情背后,这小伙子竟因自己的话感到莫大的快乐,仿佛她罪无可恕,是其他人的负面教材一般。

维罗妮卡知道,她的一生里,很多她认识的人都热衷于谈论其他人的不幸,仿佛他们十分情愿伸手相助,实际上他人的不幸让他们很开心,因为这样他们便能自认为幸福,相信生活对他们更加慷慨大度。她厌恶这种人,决定不给这个小伙子机会,不让他利用自己的病情掩盖他的失意。

她眼睛死死地盯着他,然后笑了。

"那么,我还真没做错。"

"不。"这便是回答。他道出这个悲哀的消息,本来感受到的无穷快乐此刻却消失无踪了。

然而到了晚上,她却开始害怕。

服药速死是一回事,躺着等死又是另外一回事,在经历了一切可能的生活之后,她还要等上五天,甚至一个星期。

她的一生都在等待:等待父亲下班回家,等待恋人未到的情书,等待年末的考试,等待火车、汽车、电话、假期、假期的结束。现在她必须等待死亡,日子一到,死神便会到来。

这事只能发生在我身上。一般来说,人们死去的那天恰恰是他觉得不会死的那天。

她得离开这里,搞到新的药片。如果不成功,唯一的出路便是从卢布尔雅那的一座高楼上纵身跳下。她会这样做,虽然她不想为父母增添额外的痛苦,可现在没有其他法子。

她环顾左右。所有的床上都有人。人们在睡觉,有人鼾声如雷。窗上安装了护栏,病房的尽头一盏小灯发出光亮,周围映着奇怪的投影，房间仿佛处于长期的监视之下。一个女人正在灯下读书。

这些护士成天看书，想必很有文化。

维罗妮卡的床距离门口最远，在她和护士之间有差不多二十张床。她艰难地起身，如果医生说得没错，她差不多有三个星期没下过床了。护士抬起头，看到这姑娘扶着点滴瓶，向她走来。

"我想上厕所。"她轻声说，担心会把旁人吵醒。

女人漫不经心地指了指一扇门。维罗妮卡的脑子飞快地转着，希望查遍所有的角落，找到出口、缺口或其他离开这里的方法。要尽快。我得趁他们以为我还虚弱，没什么力气的时候逃出去。

她仔细地观察周围。卫生间很小，没有门。如果她想从这里逃走，得先抓住这个护士，制服她，逼她交出钥匙才行——不过，她的身体太虚弱，做不成这事。

"这是监狱吗？"她问护士，现在这个护士丢下了书，转而监视起维罗妮卡的一举一动。

"不是。是疯人院。"

"我不是疯子。"

女人笑了。

"这儿的人都这么说。"

"好吧,那我就疯了吧。疯子是什么呢?"

女人对维罗妮卡说她不应该站太长时间,命令她回到自己的床位。

"疯子是什么呢?"维罗妮卡依然坚持。

"等明天你问医生吧。回去睡觉,不然,我就要给你打一针镇静剂,我可不愿这样做。"

维罗妮卡只好照办。在回床的路上,她听到一张床上有人低语:

"你不知道什么是疯子?"

最初那一瞬间,她并不想回应。她不想交朋友,不想发展人际关系,也不想与人结盟发动疯人院暴动。她只有一个执着的念头:死亡。如果没法从这里逃走,她也会想方设法尽早结果了自己。

但是,这女人又重复了一次她向护士提出的问题。

"你不知道什么是疯子?"

"你是谁?"

"我叫泽蒂卡。你先回床。一会儿等护士以为你睡下了,你再爬过来。"

维罗妮卡回到自己的地盘,等待护士再一次全神投入书本中。疯子是什么?她一点儿概念都没有,这个词用得实在太滥了,比如人们说一些运动员是疯子,因为他们成天想着破纪录。

人们还说艺术家是疯子，因为他们的生活极不安稳，难以预料，与"正常人"截然不同。还有，就在卢布尔雅那的大街上，维罗妮卡还看到过很多人在冬日里穿着单薄的衣衫，推着装满破衣烂衫的超市推车，宣称世界末日就要到来。

她不困。医生说她睡了差不多整整一个星期，对于一个不习惯生活的大起大落并有着严格作息的人来说，这实在太多了。疯子是什么？也许最好问问他们中的一个。

她蹲下，拔下胳膊上的针，向泽蒂卡的方向爬去。她的胃开始翻江倒海，但她努力不去在意。她不知道这恶心是心脏衰竭导致的，还是费力爬行的后果。

"我不知道疯子是什么？"维罗妮卡轻声说，"但我知道我不是。我只是自杀未遂而已。"

"疯子就是生活在自己的世界里的人，比如精神分裂、心理变态或躁狂症患者。或者说，与其他人不同的人。"

"比如你？"

"不过，"泽蒂卡接着说，装作没有听到维罗妮卡的评论，"你大概听说过爱因斯坦的故事，他竟然说既不存在时间，也不存在空间，只存在着二者的结合。或者哥伦布的事迹，他坚持认为海洋的那一边不是深渊，而是另外一块大陆。或者埃德蒙·希拉里，他坚信人类能够登临珠穆朗玛峰峰顶。或者披头士，他们的音乐与众不同，穿着也与他们的时代格格不入。所有这些人——以及成千上万的其他人——都生活在自己的世界中。"

这疯女人讲的话很有道理,维罗妮卡想。她回忆起母亲给她讲的圣徒故事,圣徒们坚称自己同耶稣或者圣母交谈过。他们生活在另外一个世界吗?

"我曾看到过一个女人,她目光黯然地走在卢布尔雅那的大街上,身上只穿了一件红色的露胸礼服,而当时的气温是零下五度。我以为她喝醉了,所以上前帮助她,而她却拒绝了我递过去的外套。

"也许在她的世界里,那时正是夏天,而她觉得有个人正等着她,因此身体充满了热量。纵然那个人只存在于她的幻想中,她依然有权利按照自己的心意去活或不活,是不是?"

维罗妮卡不知道该说什么,不过这疯女人的话很有道理,谁知道她是不是就是自己在卢布尔雅那大街上见过的半裸女人呢?

"我给你讲一个故事。"泽蒂卡说,"从前,有一个法力无边的巫师,想摧毁一个王国,就在井里下了魔药。那井是王国所有居民的水源。谁要是喝了这水,就会变成疯子。

"第二天一早,喝过这井里的水,所有的居民都变成了疯子,唯独国王没有,因为另有一口井专供他和王室饮用。他忧心忡忡,想控制住居民的行为,因此下达了一系列公共安全与卫生方面的指令。不过,警察和检察官也饮了魔水,觉得国王的命令荒谬不堪,决定无论如何也不照此办理。

"全国的居民都得知了指令的内容,他们坚信国王疯了,才写下这些无聊的文字。他们狂呼大喊地来到城堡,要求国王退位。

"国王绝望了,准备放弃王位,但王后阻止了他。她说:'我们现在就去那口井,也喝那儿的水,这样我们就和他们一样了。'

"国王和王后去了,饮下了魔水,马上开始胡说八道。这时,他的臣民后悔了:既然国王如此睿智,为什么不让他继续治理国家呢?

"国家一派祥和,尽管国民的言行与邻国大不一样。而国王一直统治着这个国家,直到生命的最后一刻。"

维罗妮卡笑了。

"你不像疯子。"她说。

"可我就是,尽管在好转之中。我的病情很简单,只要往身体里补充一种化学物质就可以了。只是,我希望这种物质只解决我的慢性抑郁问题。我想继续做个疯子,按照自己的梦想而不是其他人希望的方式生活。你知道外面,也就是维雷特围墙的另一边是什么吗?"

"喝了同一口井的水的人。"

"一点儿不错。"泽蒂卡说,"他们觉得自己是正常人,因为他们做的事情一模一样。我要装作也喝了那魔水。"

"好吧,我喝过了,可是这正是我的问题所在。我从来没有抑郁的感觉,不会觉得大喜,也不会觉得大悲。我的问题和所有的人都一样。"

泽蒂卡沉默了一阵。

"人们告诉我,你要死了。"

维罗妮卡犹豫了一下:这个陌生女人能相信吗?但是她不得不赌一把。

"我也就能活五六天了。我正在寻思是不是有早点死的方法。如果你,或者这里其他什么人搞得到安眠药,我保证我的心脏绝对挺不过这次。等着死亡的来临,这让我备受煎熬。请你理解我,帮帮我。"

还没等泽蒂卡回答,护士便出现了,手里拿着针管。

"我可以一个人打针,"她说,"不过,我也可以叫外面的守卫帮我,这取决于你是不是配合。"

"不要无谓地浪费精力。"泽蒂卡对维罗妮卡说,"要是你还想得到求我的东西,那就省省力气吧。"

维罗妮卡站起来回到床上,让护士履行了职责。

这是她在疯人院正常生活的第一天。她走出病房，来到大饭厅，与其他男人和女人一起吃早餐。电影里面的疯人总是哭哭啼啼，吵吵嚷嚷，疯疯癫癫，而她却发现这里正好和电影里的情况相反，一种压抑的沉默仿佛笼罩了一切，似乎没有人愿意把内心世界与他人分享。

吃罢早餐（还算不错，不能因为维雷特声名狼藉，就抱怨这里伙食不好），大家都出去晒太阳。实际上太阳根本没出来，气温大约零度以下，花园里覆盖着厚厚一层白雪。

"我来这儿，可不是想保全性命。我就是想死。"维罗妮卡对一位护工说。

"就算这样，你也得出去晒晒太阳。"

"你们疯了吗？根本没有太阳！"

"但是有光，可以帮助你们平静内心。不幸的是，我们这儿冬天太长。不然的话，会少去很多麻烦。"

争论无济于事。维罗妮卡走出去，散了会儿步。她若无其事地环视左右，想找到一条逃跑的路。围墙很高，这是从前兵营的设计要求，但岗楼却荒弃了。花园四周全是建筑物，表面看来是军事设施，如今却成为男女病房、行政办公室与员工的房间。一番快速侦查后，她发现唯一设岗的地方是正门，人们进出的时候要拿出证件，供两个守卫检查。

所有一切仿佛飞回了她的脑子。为了尽快恢复记忆力，她开始回想起每一件细微琐事，比如房间的钥匙放在哪儿，刚刚买的唱片，图书馆里借的最后一本书。

"我是泽蒂卡。"一个女人向她走来，对她说。

前一天晚上谈话的时候，她一直蹲在床边，所以没看清泽蒂卡的脸。泽蒂卡大约三十五岁，看上去完全正常。

"我希望那一针没有造成太大的问题。时间一长身体就适应了，镇静剂也就失效了。"

"我还好。"

"昨天晚上我们聊过，还记得你向我要什么吗？"

"我记得一清二楚。"

泽蒂卡挽起她的胳膊，与她一起散步。院子里有很多树木，叶子掉光了。高墙外面，群山在云端若隐若现。

"天很冷，但还是个美丽的早晨。"泽蒂卡说，"灰蒙蒙的天空，有点阴郁，不过很奇怪，在这样的天气我却从来不抑郁。每当这样的天气一来，我就觉得是大自然在赞同我，它把我的心思展露无遗。可是有太阳的时候，小孩子开始在街上玩耍，因为天气好，每个人都兴高采烈，而我却难过极了。一切都生机勃勃，我却仿佛无法参与其中，这很不公平。"

维罗妮卡轻轻地抽出胳膊。她不喜欢身体接触。

"你的话没说完。你刚刚提起我向你要的东西。"

"这里有一个团体。参加的有男有女，都是些可以出院回家的人，但是他们自己不情愿。这样做的理由有很多：维雷特当然不是什么五星级酒店，可也不像旁人讲的那样糟糕。在这里人们可以畅所欲言，为所欲为，不必担心听到别人的批评，反正他们生活在疯人院里。政府派人检查的时候，他们得装疯卖傻，因为有些人住院是政府付钱。医生对此心知肚明，但是似乎老板下了命令，他们便默许这种现象的存在，反正床位比病人还多。"

"他们能搞到安眠药吗？"

"试着和他们接触一下。这个团体叫博爱会。"

泽蒂卡指了指一位银发女人，她正在兴高采烈地和一群年轻点的女人聊天。

"她叫玛丽，是博爱会的成员。问问她吧。"

维罗妮卡正想向玛丽走去，泽蒂卡拦住了她。

"现在不要。她正开心着呢。她可不会为了向一个陌生人示好而中断自己的乐子。如果她对你印象不好,你就再没有机会接近她了。疯子总是相信第一印象。"

泽蒂卡说"疯子"这个词的时候特别加重了语气,维罗妮卡不由得笑了。但很快她便感到不安,这里的一切都太正常了,好得过分了。这么多年,从工作地点到酒吧,从酒吧到恋人的床,从恋人的床到自己的房间,从自己的房间到父母的家,就是她的全部生活。而如今,她却有了一种连做梦也没想到过的体验:精神病院、疯狂、疯人院。在这里,人们承认自己是疯子,丝毫不觉得羞愧。在这里,没人会中断自己的乐子,只为了向其他人表示好感。

她开始怀疑泽蒂卡讲的话是不是真的。或者,装作生活在一个更好的世界里,只是疯子的一种策略。但这又有什么关系呢?她此刻的经历如此有趣,如此与众不同,是她想都想不到的:难道你会想到有人竟然装成疯子,只是为了做自己想做的事?

就在此刻,维罗妮卡感到心脏一阵剧痛。医生的话闪进她的脑海里。她害怕了。

"我想一个人走走。"她对泽蒂卡说。归根到底,她也是个疯子,无需去取悦别人。

女人走远了。维罗妮卡眺望着高墙外的远山。活下去吧,这种稀薄的愿望似乎马上就要破土而出,但维罗妮卡斩钉截铁地赶跑了它。

我需要马上弄到药。

她思考着自己的处境。情况很不理想。尽管只要她愿意，无论什么疯癫行径都可以去做，但她却不知道到底该做些什么。

毕竟，她一点儿都不疯。

他们在花园里待了一阵子，然后到饭厅吃午饭。再后来，护士们领着这群男男女女来到一间巨大的活动室，里面分成很多不同的区域，有许多桌子、椅子、沙发，还有一架钢琴、一台电视机，以及宽大的窗子，从那里望得见灰灰的天，低低的云。活动室向着花园，因此所有窗子都没有安装护栏。天很冷，门关严了，但只要转动一下把手就可以出去，再一次漫步于树林之间。

大部分人挤在电视机前看电视，一些人空洞地看着远方，还有一些人低声自言自语——人的一生中，又有谁没有这样做过呢？维罗妮卡发现，在大厅的一角，这里最年长的女士玛丽，正与一群长者聚在一起。几个病人经过他们身边，维罗妮卡也想加入其中。她想知道他们在讲些什么。

她尽力隐藏自己的意图。但是等她靠近了，那群人却住了嘴，大家全不说话了，都在看着她。

"你想干什么？"一位老先生问，他看上去像博爱会的首领（如果那个团体真的存在，而且泽蒂卡也如表面看上去那样真的没发疯的话）。

"没什么，我只是经过。"

大家面面相觑，傻呵呵地晃着脑袋。一个人对另外一个人说："她只是经过！"另外一个人高声重复了一遍。没过多久，所有的人都开始高喊同一个句子。

维罗妮卡不知如何是好，只能慌张地僵立在那里。一位身强力壮、凶神恶煞的护工赶了过来，想看看到底发生了什么。

"没什么，"团体里的一个人说，"她只是经过。她立定在那里了，但是会走开的！"

所有的人都开始哈哈大笑。维罗妮卡的脸上浮起一抹嘲讽的表情，微笑着转身离去，不想让别人看到她眼睛里噙满了泪水。她径直走到花园，连厚衣服都没穿。一位护工想劝她回来，但是另外一个护工马上出现了，对他耳语了一番，两个人便放过了她，把她一个人留在寒冷的外面。没有必要去关心一个判了死刑的人的健康。

她困惑，她紧张，她生自己的气。她从来没有让自己被激怒过。很早以前，她就知道当新情况出现时，她应该保持冷漠与镇定。然而，那些疯子却让她觉得耻辱与害怕。她暴跳如雷，恨不得杀了他们，用她从来说不出口的话伤害他们。

也许是药物或昏迷时的治疗把她变成了一个如此脆弱、无法自控的女人。少年时代,她曾经遭遇过更困难的局面,然而这是她第一次无法忍住泪水。她必须做回自己,懂得嘲讽地回击,假装这些冒犯伤害不到自己分毫,因为她高高在上。那群人中哪一位有这般勇气,敢于期盼死亡?那群人终日躲在维雷特的高墙里,又有谁能教导她如何生活?她再也不会寻求这些人的帮助,尽管不得不等上五六日才能去死。

一天已经过去了。只剩下四五天了。

她走了一小会儿,任零度以下的寒气侵入身躯,迅速奔流的血液冷却了下来,过快的心跳也慢了一些。

很好。我在这里,我的日子屈指可数,那群人我从来没见过,以后也永远不会再见,而我却在意他们的评论。我很痛苦,我气急了,我想反击,我要自卫。那我还浪费什么时间?

然而事实上,她正在浪费那所剩无几的生命,只为在一个陌生的地方争得一席之地,在这里,人们必须反抗,否则只能任人宰割。

这不可能。我从来不这样。我从来不为无谓的事争斗。

寒气逼人的花园里,她停了下来。正因为她觉得一切都无所谓,所以生活给她什么,她便接受什么。少年时代,她觉得选择为时过早,而现在已是青年,她又觉得改变为时已晚。

可是她究竟把精力浪费到什么地方去了呢?她曾尝试让自

己的生活一成不变。她曾放弃了很多梦想，只希望父母如孩童时代一般爱她，尽管她知道真正的爱会随着时光变化、发展，并会拥有新的表达方式。一天，维罗妮卡听到母亲哭诉两个人的婚姻已经到头儿了，她找到了父亲，哭着威胁他，终于得到了他不会离家的承诺，却没有考虑父母两人因此要付出的高昂代价。

她想找个工作。一家在她新生的祖国刚刚成立的公司提供给她的机会很有诱惑力，但她却放弃了，因为她要接受公共图书馆的职位，虽说钱不多，但稳定。她每天定点上班，让上司清楚地看到她并不是一个威胁。她心满意足，也不愿努力上进，月末领钱是她全部的愿望。

她在修女院租了个房间，因为修女们要求房客必须在规定的时间之前回来，到时间会锁上大门。谁要是被锁在了外面，就只能睡到大街上了。这样，她就有了一个真正的借口可以向情人讲，而不会被迫在旅馆或陌生的床上过夜。

她也梦想过婚姻，想象着在卢布尔雅那城外拥有一幢小小的房子，那个男人与她的父亲完全不同，钱挣到足以养家糊口就够了，而他感到心满意足，因为两个人可以厮守在小房子里，伴着壁炉里的熊熊火光，看着远山上的皑皑白雪。

她教导自己，给男人的欢愉要有一个精确的量，不能多也不能少，只给他需要的那么多。她从不对人发火，因为那意味着反击，意味着与敌人战斗，之后却又不得不去承受无法预料的后果，比如报复。

她得到了生活中希望得到的一切，便得出了一个结论：她的存在没有任何意义，因为所有的日子都一模一样。因此她决定去死。

维罗妮卡再一次走进大厅，向围聚在角落里的那群人走去。人们正热烈地交谈，但看到她走来，大家便纷纷缄默不语。

她径直走到年纪最大的男人面前，他好像是这群人的头儿。她狠狠地扇了他一耳光，其他人来不及阻拦。

"你不还击吗？"她高声问，想让大厅里所有的人都听到，"你什么都不做吗？"

"不做。"男人摸了摸自己的脸，一行血从他的鼻子流下来，"反正你也不会骚扰我们多长时间了。"

她离开大厅，向病房走去，脸上带着胜利的表情。她一生中从未做过这样的事，而刚才竟然做了。

与那个被泽蒂卡称为"博爱会"的组织发生争执之后，时间又过去了三天。对那个耳光她感到后悔，不是因为害怕那男人报复，而是这与她平素行事差异太大。不过很快，她便释怀了。生命是值得的，无需忍受无谓的痛苦，反正她都要离开这个世界了。

她唯一的出路是远离一切事、一切人，千方百计地保持既往的自我，遵守维雷特的规章制度。她适应了疯人院规定的作息：很早起床，吃早餐，去花园散步，吃午饭，去大厅，再去花园散步，看电视，睡觉。

入睡之前，一位护士会拿着药来。其他女病人都吃药，只有她需要打针。她从不抗议，只是不知道为什么会给她打这么多镇静剂，她根本没有任何睡眠问题。他们解释说，打的那针没有安眠效果，而是治疗心脏的药。

就这样，她遵守着这里的作息，疯人院的日子也开始一成不变起来。当日子一成不变时，时间便过得更快了：再过两三天，她就不需要刷牙，也不需要梳头了。维罗妮卡知道自己的心脏正在迅速衰弱：她喘气越发吃力，感到心口疼，吃不下饭，稍微用点力气，就会晕头转向。

与博爱会的那场冲突之后，曾有几次她这样想：如果我还有选择，如果从前我便明白我的每一天之所以一成不变，是因为那其实正是我的愿望，也许……

但是她的回答总是一样：没有也许，因为根本就没有选择。然后她的内心又回复平静，因为一切业已注定。

这段时间，她发展了与泽蒂卡的关系（不是友情，因为友情需要长时间的相处,而这并不可能)。她们一起玩纸牌,这可以更快地打发掉时间。有时候,她们还一起静静地在花园中散步。

那天早晨,早饭后不久,按照规定所有的人都要出去"晒太阳"。然而,一位护工却要泽蒂卡回到病房,因为那天是"治疗"的日子。

维罗妮卡正和她一起吃早饭,因此听到了护工的话。

"怎么治疗?"

"是种很老的疗法,六十年代就有了。但是医生觉得会让我好得更快。你想看吗?"

"你说过你得的是抑郁症。吃点药,补充缺乏的物质,不就可以了吗?"

"你想看吗?"泽蒂卡坚持问。

这会打破常规,维罗妮卡想,会发现新鲜事,在她只需要耐心而什么都不需要学习的时候。但是她的好奇心太强了,因此点了点头。

"这又不是表演。"护工抗议说。

"她就要死了,却什么都没经历过。让她跟着来吧。"

维罗妮卡看着泽蒂卡被绑在床上,嘴角一直挂着微笑。

"告诉她会发生什么,"泽蒂卡对护工说,"不然,她会吓坏的。"

他转头,让她看了一下注射器。能被当成医生对待,向实习生讲解正确的程序和适当的治疗方法,这让他看来开心不已。

"这支针管里装的是胰岛素,"他的语气庄重而又专业,"供糖尿病病人降低血糖之用。不过,如果剂量比常规用量高,血糖会急剧降低,并导致病人昏迷。"

他慢慢地晃动针管,抽出空气,扎在泽蒂卡右脚的静脉上。

"现在马上会发生这种情况。她会进入一种诱导性的昏迷中。如果你看到她的眼光突然黯淡下来,千万不要奇怪,她会处于药物的控制下,不要指望她能认得出你。"

"真是骇人听闻,不讲人道!人们抗争是为了从昏迷中苏醒,可不是为了陷入昏迷。"

"人们抗争是为了活下去,可不是为了自杀。"护工回答道。不过维罗妮卡对挑衅充耳不闻。

"昏迷会让机体暂时休息,器官几乎停止工作,血压也会消失。"他一边说一边将药水打了进去。泽蒂卡的双眼慢慢地失去了神采。

"不要紧张,"维罗妮卡对她说,"你完全正常,你曾给我讲过一个国王的故事……"

"不要浪费时间了。她现在什么都听不到。"

女人躺在床上,几分钟之前还神清气爽,活蹦乱跳,如今眼神却固定在一点上,嘴角流出泡沫状的液体。

"你到底干了什么?"她冲护工喊道。

"我只是尽责而已。"

维罗妮卡喊着泽蒂卡的名字,大吵大嚷,威胁着要去找警察,找媒体,找人权组织。

"省省力气吧。虽然你待的地方是疯人院,可也得遵守规定。"

她发觉男人的语气很严肃,便害怕了。不过反正她也没有什么可失去的,依旧大喊大叫。

从所处的位置,泽蒂卡可以看到病房里所有的床都空着,只有一张除外,她自己正躺在上面,手脚都被绑住了。一位姑娘正惊恐地看着她。那姑娘不知道床上这个人的生物功能依然在完美运转,而灵魂却飘荡在空中,几乎触到了天花板,而且感到极大的平静。

泽蒂卡正在进行一场星际旅行——胰岛素第一次造成休克时,她便有了这种体验,这曾使她吃惊不已。她没有和任何人谈起这件事,她来这里是为了治疗抑郁,一旦情况允许,她就想永远地离开这里。如果她和别人说她的灵魂曾经出了窍,别人会觉得她比来维雷特之前更为疯狂。因此,待她返回自己的躯壳之后,便开始阅读这两类主题的文章:胰岛素造成的休克,以及在太空中飘浮的奇异感觉。

关于胰岛素治疗法的文章并不是很多:该治疗法大约于一九三〇年首次应用,旋即遭到了精神病院的全面禁止,因为这可能造成不可逆转的伤害。一次休克时，她趁星际旅行来到了伊戈尔医生的办公室，正巧听到他与疯人院的老板讨论这种治疗方法。"这是犯罪！"他说。"不过更便宜更迅速。"其中一位股东接过了话头，"而且，又有谁会关注疯子的权益呢？没有人会投诉的。"

即便如此，某些科学家依然把它看成一种迅速治疗抑郁的方法。泽蒂卡借阅收罗了所有与胰岛素休克有关的书刊，尤其是经历过这种治疗的患者的文章。所有的文字都如出一辙，只有恐惧，极大的恐惧。没有一个人与她有相同的体验。

因此她理由充分地得出了一个结论：胰岛素与她的灵魂出窍之间并无任何关系，而且恰恰相反，这种治疗方法会损伤患者的大脑。

她开始研究灵魂的存在，查阅了一些神秘主义的书籍。有一天，她发现数量众多的文学作品对她的体验有着真实的描写。人们称之为"星际旅行"，很多人都曾经历过。一些人写下了他们感受到的一切，另一些人则完善了灵魂出窍的技术。泽蒂卡熟练地掌握了这些技术，每天晚上都会应用一下，去往任何想去的地方。

文字中的体验和观点各有不同，但每个人的经历都有一些共同之处：躯体和灵魂分离之时，会听到一种奇怪的让人不安的声音，随即人会休克，迅速地失去意识。须臾，快乐与宁静降临，人飘浮在空中，只有一根银绳与身体相连，那绳仿佛可以无限拉长，不过传说（实际是书本）中说，如果银绳不幸断裂，人就会死去。

她的经验证明了她可以去往任何地方，而银绳从来不曾断裂。不过总的说来，书本还是大有裨益的，教会了她更充分地利用星际旅行。比如，如果想从一个地方去往另一个地方，她学会在心中默念要去的地方，用意念在太空中发射自己。飞机这种交通工具是从一个地方出发，经过一段固定的距离，抵达另一个地方。星际旅行却不同，它是通过神秘的隧道实现的。心里默念着一个地方，便置身于那个隧道，移动的速度让人瞠目结舌，想去的地方须臾可至。

同样正是通过书籍，她才不再害怕太空中的生物。今天病房里空无一人，而她第一次灵魂出窍的时候，却看到很多人正看着她。看到她慌张失措，大家开心不已。

她先是觉得这些全是死人，是住在那个地方的幽灵。后来书越读越多，经验越来越丰富，她知道了，尽管的确有很多灵魂失去了躯壳游荡在那里，但还有很多人就像她一样活着，或灵魂出窍的技术已然高深莫测，或尚对发生的一切惶然不觉，而在世界的某个角落，他们的肉体正深深地熟睡，灵魂却自由地游弋于天地之间。

今天是她最后一次星际旅行，之前她曾造访过伊戈尔医生的办公室，知道他想让她出院，因此她决定好好在维雷特逛一逛。等她双脚跨出了大门，就再也不会返回，连灵魂都不会，因此她今天要与这里告别。

告别。这是最艰难的：疯人院的人习惯了疯人世界的自由，并乐此不疲。他们再也不会承担责任，不会为了三餐终日奋斗，也不理会那些循环往复、无聊至极的事。他们可以整日盯着一幅画，或是随便乱画一气。他们所做的一切都能被容忍，归根结底，他们都是疯子。正如她自己的体会，大多数病人一进精神病院，就会有很大的好转，因为他们无需隐藏自己的病情，"家庭"的氛围会让他们接受自己患有精神分裂或神经官能症的事实。

刚开始的时候，泽蒂卡对维雷特着了迷，她甚至考虑等治好了病就加入博爱会。但是后来她明白了，即使是在外面，只要她够聪明，也可以一面应付生活的挑战，一面做自己想做的事。就像某人曾说的那样，保持"可控的疯狂"就够了。可以哭，可以忧心，可以发脾气，就像任何正常人一样，但是不要忘了，在那之上，灵魂正嘲弄着所有的困境。

不久之后，她就会回到家里，回到儿子、丈夫身边，生活的那一部分也有吸引人的地方。找个工作肯定挺难的，像卢布尔雅那这样的小地方，消息传得很快，她曾在维雷特治病的事肯定很多人都知道了。不过她丈夫挣钱不少，足以养家糊口，而她正可利用空闲时间，继续星际旅行，又不必承受胰岛素的危险。

只有一件事她再也不想体验，那便是送她来维雷特的原因。

抑郁。

一些医生说一种新发现的物质——血清素，决定了人的精神状态。如果血清素缺乏，人就无法集中精力工作，不想睡觉，不想吃饭，也不愿享受生命中快乐的时光。如果体内完全缺乏这种物质，人就会感到绝望、悲观，觉得自己很没用，感到疲惫、焦虑，连决定都没法做，然后沉浸在长久的哀伤中，最终导致冷漠或自杀。

另外一些更保守的医生却认为，生活的急剧变化，比如出国、失恋、离异、工作或家庭压力增大等等，都会造成抑郁。一些更为大胆的研究则对比了夏天与冬天的入院人数，从中得出结论：缺乏阳光是造成抑郁的原因之一。

然而，就泽蒂卡的情况而言，患病原因却比所有的揣测都简单：一个潜藏在她过去里的男人。或者应该这样说：因为一种幻想，对一个她认识了很多年的男人的幻想。

真可笑！她抑郁了，她疯了，竟然因为一个不知身在何处的男人。年轻时，她便深深地爱上了那个男人。泽蒂卡曾是个正常的姑娘，正如她那个年龄的所有女孩一样，必须经历那种无望的爱。

只不过，她的女性朋友们只是期待一下这无望的爱，而泽蒂卡却不同，她要得更多，竟想征服这爱情。他住在大洋彼岸，她倾其所有与他相会。他结婚了，她甘做情人，唯有暗中计划着，终有一天把他变成自己的丈夫。他连留给自己的时间都没有，她却安心地在廉价宾馆的房间里度过白天与黑夜，等待着他少之又少的电话。

尽管她准备好了承受所有，一切只为了爱，然而这爱却没有结果。他从未直接说出来，但有一天，泽蒂卡明白自己已不受欢迎了，便返回了斯洛文尼亚。

她曾经几个月食不甘味，回忆着与他共度的每一个瞬间，一次又一次地回味着床上的欢愉，希望找到些蛛丝马迹，让她相信两人的关系还有未来可言。她的朋友忧心不已，但泽蒂卡心里明白这迟早会过去：人的成长需要付出代价，而她正在付出，无怨无悔。事实的确如此：一天早上，她一觉醒来，心里充满了活下去的欲望，然后好好地吃了一顿饭，她已经好久没有这样吃过了，最后出门找了一份工作。

她不但得到了工作，更得到了一个人的青睐。那是位英俊、聪明、追求者如云的年轻人。一年之后，他们结了婚。

这让她的女性朋友艳羡不已。夫妇二人住在一幢舒适的房子中，门前的花园正对着一条河，河水流过卢布尔雅那。他们有了孩子，每年夏天去奥地利或意大利度假。

斯洛文尼亚决定脱离南斯拉夫的时候，他被征召入伍。泽蒂卡是塞尔维亚人，或者说是"敌人"，她的生活几近崩溃。接下来的十天，局势渐趋紧张，军队随时待命，没人说得清独立的后果，也不知道是否要付出流血的代价。泽蒂卡终于认清了自己心中的爱。那时，她日夜向上帝祈祷，从前她觉得神十分遥远，现在却成了她唯一的希望：她可以向圣徒和天使做出任何承诺，只要她的丈夫能够平安归来。

她如愿以偿。他回来了，孩子们可以上教授斯洛文尼亚语的学校，战争的威胁转移到了邻国克罗地亚。

三年过去了。南斯拉夫与克罗地亚的战火烧到了波黑，有关塞尔维亚制造种族屠杀的指控开始出现了。泽蒂卡认为这不公平，不能因为某些疯子的暴行将整个民族视为罪犯。她的生活开始拥有了从前不曾想象的意义，她给报纸写文章，到电视台做节目，组织很多讲座，自豪而又勇敢地捍卫自己的民族。这一切都是徒劳无功，直到今天，外国人依然认为所有的塞尔维亚人都应该为暴行负责，但泽蒂卡却觉得已经尽到了责任，在那个艰难的时刻，她没有抛弃同胞。她的斯洛文尼亚丈夫、她的孩子，以及那些不受双方宣传机器操控的人支持着她。

一天下午,泽蒂卡经过普列舍仁的雕像,想起了这位斯洛文尼亚诗人伟大的一生。三十四岁时,他偶然走进一家教堂,看到了一位少女,她叫朱莉娅·普里米奇,诗人深深地爱上了她。像从前的游吟诗人一般,他开始写情诗给她,并想娶她为妻。

然而朱莉娅家世极好,除了那次教堂的不期而遇,普列舍仁与她始终缺少缘分。但是,那次相遇启发他写下最美的诗篇,成就了他的传奇。如今,在卢布尔雅那的小小的中心广场上,诗人的双眼凝视着一个方向,顺着他的目光看去,在广场的另一面,会看到一栋房子的墙上雕刻着一张女人的脸。那正是朱莉娅的住所。即便死后,普列舍仁也永远守候着他那无望的爱。

然而如果当年他努力争取呢?

泽蒂卡的心刺痛了,也许是预感到不好的事情,可能孩子遇到了车祸。她跑回家,他们正在吃着爆米花,看着电视。

然而忧伤却无法消弭。泽蒂卡上床,睡了整整十二个小时,醒了,却不想起床。普列舍仁的故事将旧日情人的形象再一次带到她的眼前,她再也没有得到过他的消息。

泽蒂卡自问："我是否足够坚持？我是否应该接受情人的角色，而不是希望一切按照我的愿望发展？我曾为我的民族抗争，然而我是否曾以同样的斗志，为我曾经的爱抗争？"

泽蒂卡相信答案是肯定的，然而忧伤还是无法摆脱。河畔的房子，爱她的丈夫，电视机前吃着爆米花的孩子，这一切从前对她来说宛如天堂，如今却全都变成了森罗地狱。

如今，经历了很多次星际旅行，很多次与灵魂的相遇，泽蒂卡终于知道当年的所作所为是多么愚蠢。那无望的爱不过是一个托词、一个借口，让她与当时的生活一刀两断，因为那并不是她真正期盼的生活。

不过十二个月之前，情形正好相反：她疯狂地寻找那个遥不可及的男人。她花了不少钱，打了很多国际长途，但是他不住在原来的城市，不可能找到他了。她寄了很多快信，但全被退了回来。她联系了所有认识他的朋友，却没有任何人知道他的一点儿消息。

她丈夫对此一无所知，正因如此，她才感到疯狂，他至少应该猜到一些端倪，应该怨气冲天，与她大吵一架，威胁要把她丢在马路中央才对。她开始相信那些国际电话接线员、邮局职员，以及她的女性朋友都受了他的贿赂，尽管他表面上不动声色。她变卖了丈夫送给她的珠宝，买了一张机票，准备去大洋彼岸的那个国家，但是朋友劝阻了她，美国太大了，倘若没有明确的目标，去了也没用。

一天下午她躺在床上，备受爱情的折磨，她从未如此痛苦，就连当年被迫回到卢布尔雅那开始庸常生活时，也未曾这样。那天晚上和第二天整整一天，她待在房里，足不出户。第三天也是如此。第四天，她丈夫请来了一位医生——他是多么仁慈！多么体贴！泽蒂卡想找到另外一个男人，与那男人通奸，放弃体面的生活，转而去当一个见不得光的情妇，永远地离开卢布尔雅那，抛弃家，抛弃孩子，难道他对此真的一无所知吗？

医生来了，泽蒂卡的神经崩溃了，她锁上了门，等医生走后才把门打开。过了一个星期，她甚至连厕所都不想去，在床上解决生理需求。她什么都不想，脑子里盛满了那个男人的记忆碎片，她坚信，他也在徒劳地寻找着她。

她那位宽容得令她愤怒的丈夫替她更换了床单，抚摸着她的头，对她说一切都会好起来的。孩子们从不进她的房门，因为有一次，她毫无来由地打了一个孩子耳光，而后她跪在地上，吻他的脚，乞求他原谅，还把衬衫撕成碎片，宣泄着自己的悔意与绝望。

又一个星期过去了。这一个星期，她时而清醒，时而糊涂，送饭给她吃，她却朝饭里吐唾沫，夜里不眠不休，白天却呼呼大睡。两个男人没有敲门便闯入了她的房间。一个人抓住她,另一个人给她打了一针,等她醒来时,人已经在维雷特了。

"抑郁,"她听到医生这样对她丈夫讲,"有时导致该病的原因是再平常不过的。血清素,她体内缺少这种化学物质。"

从病房的天花板往下看,泽蒂卡看到护工来了,手中拿着一支针管。那姑娘还站在那里,想与她的躯壳交谈,但看到她那空洞的眼神,姑娘绝望了。泽蒂卡曾想过告诉那姑娘究竟发生了什么,但很快便改了主意:人们不会从听闻中学到东西,只能靠自己发现。

护工把针扎进她的胳膊,把葡萄糖打了进去。仿佛被一只大手推了一下,她的灵魂从天花板跌落,进入一个黑暗的甬道,高速穿梭回躯壳。

"你好!维罗妮卡!"

那姑娘现出惊恐的神情。

"你还好吗?"

"还好。幸运的是,我最终逃离了这种可怕的治疗,以后再也不用这样了。"

"你怎么知道的?这里,没有人尊重我们。"

泽蒂卡当然知道,因为她趁着星际旅行,去了一次伊戈尔医生的办公室。

"我知道,但是我不知道怎么解释。还记得我问你的第一个问题吗?"

"什么是疯子?"

"不错。这回我不用讲寓言就能回答你:疯子就是不能表达自己观点的人。就像你置身于外国,你看到一切,你明白身边发生的一切,但是你无法张口,也无法得到旁人的帮助,因为你不懂那里的语言。"

"我们都有这种体会。"

"或多或少,我们都是疯子。"

装着栏杆的窗子外面,天穹中繁星密布,一弯新月自山后升起。诗人喜欢满月,为它写下了无数诗篇,维罗妮卡却更爱这弯月如钩。尽管月落无从避免,但在那之前,月亮可以增大、扩展,让光华填满它所有的空间。

她想去活动室弹钢琴。她要弹奏一首在学校里学的优美的奏鸣曲来庆祝这个夜晚。她看着苍穹,涌起了一种难以言说的安适的感觉,仿佛宇宙的无限中也蕴含了永恒。不过一扇钢门和一个永远读不完书的女护士,将她与她的愿望分隔开来。况且没人在深夜弹琴,会吵醒邻居的。

维罗妮卡笑了。"邻居"是病房里所有的疯子,而疯子们又全吃了安眠药。

然而,安适的感觉依然存在。她起身来到泽蒂卡的床前,她正睡得香甜,也许这样才能从那可怕的经历中恢复吧。

"回去睡觉。"护士说,"好姑娘这时应该梦见天使或恋人了。"

"别对我像小孩一样。温和的疯子才什么都害怕。我易怒，我歇斯底里，我不在乎自己的命，更不在乎别人的命。今天，我受了刺激。我看到了月亮，我想找个人聊聊。"

护士惊讶于她的反应，凝视着她。

"你害怕我？"维罗妮卡不依不饶，"再过一两天，我就死了，还有什么豁不出去的呢？"

"姑娘，你为什么不出去走走呢？让我把这本书看完。"

"因为这是一个监狱，还有一个狱卒，正假装看书，想让别人以为她是个聪明女人。实际上，她监视着病房里的一举一动，藏起房门的钥匙，仿佛那是宝贝一样。想必这是规定，所以她才遵守，因为这样她才能抖一抖威风，而平日里，她在丈夫、孩子面前可不敢作威作福。"

维罗妮卡开始发抖，但不知道为什么会这样。

"钥匙？"护士问，"门一直是开着的。我哪敢跟一群精神病锁在一个房间里呀！"

门怎么可能一直开着？几天前，我想从这里逃跑，这女人一直跟到厕所监视我。她在说什么？

"别把我当回事。"护士接着说，"大家都吃了安眠药，实际上我们什么都不用管。你是冷得发抖吗？"

"不知道。我想是我心脏的问题。"

"如果你愿意,可以出去走走。"

"其实,我非常想弹钢琴。"

"活动室是隔开的,你弹琴不会打扰到别人。愿意做什么,就去做吧。"

维罗妮卡不再瑟瑟发抖,她开始低声抽噎,哭声羞涩而又克制。她跪了下来,把头埋在那女人的怀里,一哭便停不下来。

护士扔下了书,抚摸着她的头发,让这悲伤的洪流自然地倾泻而出。两个人这样待了半个小时:一个哭着却不说为什么,一个安慰着却不知为什么。

她终于停止抽泣。护士扶起她,挽着她的胳膊,带她到门边。

"我女儿和你一样大。那天你来到这里,身上吊着点滴瓶子,又插满了管子,我就在想,这个年轻美丽的姑娘,大好前途等着她,怎么会自杀呢?

"后来听说了你的事。你写了那封信,但我从来不相信那是真正的理由。你活不了多久了,你的心脏出了问题,治不好了。我脑子里总会浮现出我女儿的形象,要是她也做这样的事,那该怎么办呀?为什么有些人会和生命的自然规律对着干呢?难道不是应该拼命活下去吗?"

"就是因为这个我才哭了。"维罗妮卡说,"我吃下安眠药的时候,想杀掉一个我憎恶的人。我那时不知道,在内心深处,还有其他我会去爱的维罗妮卡。"

"人怎么会憎恶自己呢?"

"可能是因为懦弱吧,或者是因为永远害怕犯错,害怕达不到其他人的期望。不久之前我还很开心,忘记了自己被判了死刑。等我记起自己的处境后,简直吓坏了。"

护士打开门,维罗妮卡走了出去。

她不该问我这些问题?她想干什么?想知道我为什么哭?难道她不知道我是个完全正常的人,和所有人一样有欲望,也有恐惧,这样的问题会让我害怕吗?

一盏从病房里便能看到的孤灯发出微弱的光芒,维罗妮卡走在走廊上,发觉一切已经太迟了:她无法控制自己的恐惧。

我要自我控制。我是那种会把一件事情做到底的人。

的确如此,她一生曾经把很多事情做到最后,但净是些无足轻重的事,比如一句对不起就能解决的争吵,却非要辩个对错黑白;或者再也不给她爱的男人打电话,因为她觉得那爱不会有结果。她只在简单的事上彰显自己的固执,以证明自己强大到可以不动感情。实际上,她是个脆弱的女人,学业也好,运动也好,家庭关系的维系也好,她从未表现出任何出类拔萃的地方。

她克服了容易克服的缺陷,但在重大的本质问题上却连遭挫败。她具有独立女性的外在，内心却绝望地想找人相伴。白天无论走到哪里，人们都喜欢盯着她看，而晚上她却孤枕难眠，只能待在修女院的出租屋看电视，甚至连台都懒得调。为了让所有的朋友都觉得她是个令人钦羡的榜样，她几乎耗费了全部的气力，期许行为符合她自我塑造的形象。

因此，她再没有气力去做自己，其实她和世界上所有人一样，需要其他人才能幸福。但是搞定其他人实在太难了。他们的反应难以估计，总是把自己保护得严严实实，他们的做法跟她一样，对一切仿佛不屑一顾。如果有人对生活敞开心扉，他们或者拒他于千里之外，或者认定他下贱、天真，让他痛苦不堪。

她的力量与决断可以给无数人留下深刻的印象，但她又得到了什么呢？她空虚极了，承受不了这深深的孤寂。她身处维雷特，等待着死亡的到来。

后悔自杀的念头又一次出现，但维罗妮卡再次坚定地赶跑了它。因为此刻，她体验到一种她从前不允许自己感受的情感：恨。

恨。如同墙壁、钢琴或病房一般实实在在，她几乎可以触摸到体内这种毁灭的力量。她任这感情喧腾而出，不去想到底是好还是坏——什么自我控制，什么戴上面具做人，什么举止要适当，通通够了！生命中的最后两三天，维罗妮卡希望怎不适当就怎么来。

她先是打了那老男人一个耳光,又与护工起了冲突,当她想独处,就拒绝向人示好,拒绝和人交谈。如今她足够自由,可以感受恨意汹涌,但要足够警觉,不去破坏身边的一切。而生命的最后时刻,她要借助镇静剂的药力,在病床上度过。

她恨此时能想起的一切。她恨自己,恨世界,恨眼前的椅子,恨走廊里坏掉的暖气,恨完美的人,恨犯罪的人。现在她在疯人院中,可以让自己感受人们通常隐藏的感情——我们接受的教育要我们去爱,去接受,寻找解决方案,避免冲突。维罗妮卡恨所有的一切,尤其痛恨自己把生活搞到了这种地步——她将不再可能发现自己体内生存着的上百位另外的维罗妮卡,她们有趣、疯狂、好奇、大胆,勇于冒险。

一时间,她竟对世界上自己最爱的人产生了恨意,那就是她的母亲。这位伟大的女性白天工作,晚上洗盘子,奉献了自己的一生,让她接受最好的教育,送她去学钢琴与小提琴,把她打扮得如同公主一般,裤子和鞋都买名牌,自己却数十年穿一件旧衣。

我怎么可以去恨一个把爱全给了我的人?维罗妮卡想,她的心很乱,想修正自己的思绪。但是太迟了,仇恨已汩汩而出,她自己打开了那扇地狱之门。她仇恨母亲给她的爱,因为母亲竟不要一点儿回报,这太荒谬了,太不真实了,简直违反一切自然法则。

正是这种不求回报的爱让她充满自责,总是想达到母亲的期待,尽管这意味着放弃自己的梦想。正是这种爱数十年来不让她看到世界的污秽和挑战,全然不顾有朝一日她会自己发现,而且没有任何能力面对与抵御。

她父亲呢?她同样恨自己的父亲。不同于母亲的终日操劳,他是个会生活的人,常带她去酒吧戏院一起玩乐。少女时代她曾悄悄地爱他,不是把他当成父亲,而是一个男人那样爱。她恨父亲,因为他总是魅力无限,总是向任何人敞开胸怀,但不包括她的母亲——唯一值得他如此对待的人。

她仇恨一切。她恨图书馆,恨那里汗牛充栋的人生哲学书籍。她恨学校,恨被迫学习代数的无数夜晚,她不知道什么人因为懂了代数而变得幸福——老师和数学家除外。为什么人们会逼她学习代数、几何,学习此外一大堆无用的东西呢?

维罗妮卡推开活动室的门,走到钢琴前,掀起琴盖,用尽全身的力气,狠命地敲击着琴键。一串支离破碎的音符疯狂而又愤怒地回响在空荡的大厅里。音符碰撞到墙壁上,又折返到她的耳朵里,变成尖锐的噪音,抓挠着她的心。这正是她内心的真实写照。

她再一次用手撞击着琴键,不和谐的音符又一次回荡于四周。

"我是疯子。我可以这样做。我可以去恨,我可以使劲地砸钢琴。精神病怎么能弹对音符呢?"

她一次、两次、十次、二十次地敲击着琴键,每敲打一次,仇恨便仿佛减少一分,最后,恨意竟完全消失了。

维罗妮卡沐浴在一种深沉的宁静中。她再一次抬起头,仰望着夜空。繁星点点,新月如钩,将光华温柔地洒向她的所在。她再一次感到,无限与永恒正携手并肩。凝视其中的一个——比如那无垠的宇宙,你会发现另一个的存在,那是时间,它永不终结,永不消逝,永远停留在现在,凝聚着生命的全部秘密。从病房到活动室,她如此强烈、如此集中地恨了一次,现在心中已无半点愤懑。这种负面情绪在她心中已压抑多年,今天任它倾巢而出。她体验过了这恨意,现在已不需要它了,可以让它离去了。

她安静地感受着此时此刻,让恨意退场,爱占据了空出来的地方。她觉得是时候了,又看了一眼月亮,然后为它弹起一首赞歌。她知道它在倾听,并为此自豪,这让星星忌妒不已。所以她也为星星弹奏了一曲,之后又弹给花园,最后一曲她献给了远山,尽管夜间看不到群山连绵,但她知道它们就在那里。

给花园的那首曲子弹到一半时，另一个疯子出现了。他叫爱德华，患有精神分裂，根本治不好。他的现身没有让她害怕，恰恰相反，她笑了，而出乎意料的是，他也以微笑回报。

她那遥远的世界里，那个比月亮还要遥远的世界里，音乐无坚不摧，创造着奇迹。

"我得买一个新的钥匙链。"伊戈尔医生一边想,一边打开了他那位于维雷特的小诊疗室的门。旧的那个摔碎了,装饰用的小徽章掉在了地上。

伊戈尔医生俯身捡起它。这个徽章是卢布尔雅那的标志,该怎么办呢?最好把它扔掉。不过也可以找人重新镶一下,做一个新的皮环就行了,或者可以送给他的孙子玩儿。这两个选择听上去仿佛都很可笑,钥匙链本来也不值什么钱,他孙子对徽章又没有那么大的兴趣,这小子整天不是看电视就是玩意大利进口的电子游戏机。即便如此,他也没把它扔掉,而是放在兜里,想以后再决定怎么处理。

因此,他是疯人院的院长,而不是病人,因为做决定时他总会瞻前顾后。

他开了灯。冬天越来越长,天亮得越来越晚。缺乏阳光、环境改变和离异是抑郁症患者增加的主要原因。伊戈尔医生盼着春天快点到来，这样一大半的问题就能解决了。

他看了一眼日程。他需要研究一些治疗方案，使爱德华不至于饿死。精神分裂让一切无法预料，他现在已经什么东西都不吃了。伊戈尔医生给他开了营养液，但这可不是长久之计。爱德华二十八岁，本是身强力壮的人，但就算打了营养液，他也会衰弱下去，最终骨瘦如柴。

爱德华的父亲会有什么样的反应呢？他是这个年轻的共和国最知名的大使，九十年代初与南斯拉夫艰难谈判的代表之一。他曾在贝尔格莱德工作多年，有人中伤他，说他曾为敌人效劳，但他依然留在外交使团，只是这次改换了代表的国家。这是个有权有势、人人畏惧的人。

伊戈尔医生担忧了一会儿，就像刚才担心那钥匙链一样，但是不久他便放宽了心：对于大使来说，儿子的外表好不好看没什么关系，反正他又不打算带儿子去参加正式的聚会，也不想让儿子陪着去他作为政府代表需要驻守的国度。爱德华会待在维雷特，永远不会离开，至少在父亲赚取高薪的这段时间，会留在这里。

伊戈尔决定撤掉营养针，让爱德华更衰弱一点儿，直到自己产生吃饭的欲望。如果情况继续恶化，伊戈尔会写一份报告，把责任推到维雷特领导的医生顾问团上。"如果你不想万劫不复，那就一定要学会分担责任。"这是父亲教的。他也是位医生，有几个病人死在他手里，但是当局从未找过他的麻烦。

开完爱德华的停药处方，伊戈尔医生转而处理下一个病例：报告说，泽蒂卡·门德尔的疗程已经结束，随时可以出院。伊戈尔医生想亲眼证实。对于医生来说，如果在维雷特治疗过的病人家属投诉病没治好，那可真是糟透了。但这种事却屡见不鲜——在精神病院待过一阵后，病人很少能重新适应正常的生活。

这不是维雷特的责任，也不是散布在地球各个角落的其他精神病院的责任，不管在哪儿，这种适应问题都一样存在。正如监狱从来不能把罪犯改造好而只能教他们犯更多的罪一样，在精神病院里，病人习惯了一个非真实的世界，做什么都可以，没有人为自己的行为承担责任。

这样，出路便只剩下一条：彻底治好疯病。伊戈尔医生殚精竭虑地撰写着一篇会改变整个精神病学界的论文。精神病院里，暂时性的病人与无法治愈的病人同处一室，社会性退化从此开始。而这种进程一旦开始，就无法阻止。那个叫泽蒂卡·门德尔的女人一定会再回到疯人院，不过这一次是出于自愿，她抱怨的根本就是没影的事，这样做只是为了和这些人在一起，因为她觉得他们比外面的人更理解她。

不过，一旦他发现了类矾，即他认为的疯癫的罪魁祸首，他将会青史留名，斯洛文尼亚也将天下闻名。就在这个星期，一个机会从天而降，这是一个具有自杀倾向的女人。就算给他一座金山，他也不会把这个机会拱手相让。

伊戈尔医生很开心。尽管由于经济原因，他不得不采用医学界唾弃的治疗方法，比如胰岛素休克法，但也正是出于财政方面的考虑，维雷特的治疗方法也在不断地更新。他不但有时间有条件研究类矾，而且还拥有老板的支持，使博爱会这个团体在疯人院存在下去。维雷特的股东容忍了它的存在——请注意，是容忍，而不是鼓励——允许这群人在治愈之后继续留院。股东们说，出于人道主义的考虑，应该让病愈者自己选择何时回归社会。一群人如同住旅店一样留在了维雷特，与意气相投的人组成了俱乐部一般的团体。这样，伊戈尔医生让疯子与正常人生活在同一空间，使后者对前者产生正面的影响。为了避免退化，不让疯子对已治愈的患者产生消极的影响，所有博爱会的成员每天至少要出维雷特一次。

股东们基于所谓的"人道主义"考虑，允许已痊愈的人留在维雷特，伊戈尔医生却知道这不过是个借口。实际上他们害怕的是，斯洛文尼亚这个小巧而迷人的首都卢布尔雅那，有钱的疯子不够多，不足以支撑这座现代而又花费高昂的医院。而且，公共医疗系统也有一流的精神病院，面对精神病人的市场争夺，维雷特并不占任何优势。

股东们将军营改装成精神病院的时候，是准备把受过战争伤害的男女作为目标人群的。但是与南斯拉夫的战争很快便结束了。股东们孤注一掷，他们觉得战火很快会重燃，结果却事与愿违。

最新研究表明，战争的确会造成精神创伤，但紧张、郁闷、遗传疾病、孤独与遗弃导致的精神病人数目更多。当集体必须面对一个大问题，比如战争爆发、通货膨胀、瘟疫蔓延，自杀现象会有小规模上升，然而罹患抑郁、妄想症及精神分裂的人数却大规模地下降。待问题解决之后，一切指数才回归正常，因此伊戈尔医生认为，只有人有条件去疯的时候，人才舍得去疯。

他眼前还有一份加拿大的研究报告，该国刚刚被一家美国杂志评为世界上生活水平最高的国家。伊戈尔医生读到这样一段话：

> 加拿大统计局表示，各年龄层患有某种精神疾病的比率为：
> 15 – 34 岁，40%
> 35 – 54 岁，33%
> 55 – 64 岁，20%

统计表明,每五个人中就有一位罹患某种精神疾病。

每八位加拿大人中有一人一生中至少有一次曾因为精神疾病接受治疗。

那里的行情真好,比这里好多了。他想,人越是可以生活得幸福,便越发不幸福。

伊戈尔医生又研究了几个病例,仔细地权衡着哪些可以与医生顾问团分担,哪些可以独自处理。等他做完一切之后,天光已经大亮了,他熄了灯。

然后,他接待了第一位来访者——那个有自杀倾向的女患者的母亲。

"我是维罗妮卡的母亲,我女儿现在怎么样?"

伊戈尔医生寻思着是不是应该告诉她实话,免得她胡乱猜疑,因为他也有个叫这名字的女儿,但他还是决定保持沉默。

"现在还不知道,"他撒谎了,"我们还得观察一个星期。"

"我不知道维罗妮卡为什么要这样做。"女人坐在他面前,哭着说,"我们很爱她。为了让她受到最好的教育,我们可以牺牲一切。尽管我们夫妻之间有些问题,但我们尽力保持家庭的完整,面对不幸也要撑下去,我们在这方面堪称榜样。她有一个好工作,也不丑,但是即便这样——"

"即便这样,她还是想自杀。"伊戈尔医生打断了她,"不要吃惊,夫人,就是这样。人们不懂幸福。要是您愿意,我可以给你看看加拿大的统计数字。"

"加拿大?"

女人吃惊地看着他。伊戈尔医生成功地分散了她的注意力,然后接着说:

"好吧,夫人您来这里不是想知道您女儿的病情,而是不想继续为她自杀这件事自责。她多大了?"

"二十四岁。"

"也就是说,她是个成熟而有阅历的女人,知道自己要的是什么,也能够自己做出选择。这和您的婚姻或者您与您丈夫的牺牲又有什么关系呢?她自己生活几年了?"

"六年了。"

"您看到了?她从头到脚都是个独立女性。不过,一位奥地利医生弗洛伊德——他的名字您肯定听过——曾写过一些文章,分析父母与子女之间的病态关系,所以直到今天,无论发生了什么,所有的人都会自怨自艾。儿子成了杀人犯是父母教育的失败,印度人是这么想的吗?请回答。"

"我什么都不知道。"女人回答,医生的话让她越听越吃惊。可能他也被自己的患者传染了吧。

"我来替您回答。"伊戈尔医生说,"印度人认为这是杀人犯自己的责任,不是社会的,不是父母的,更不是祖先的。因为儿子吸了毒或者杀了人,日本人就会自杀吗?答案还是一样的:不会!日本人自杀的理由五花八门,有一天我曾读到过这样一条消息,一个日本青年因为通不过大学入学考试,居然自杀了。"

"我能和我女儿谈话吗?"女人问,她显然对日本人、印度人或加拿大人没什么兴趣。

"马上,马上。"伊戈尔说,因为她打断了他的话,他显得有些恼怒,"但在那之前我希望您能明白一件事,除了一些极其严重的病例之外,人们疯了是因为他们想脱离常规。您明白吗?"

"非常明白,"她回答道,"如果医生您认为我没法照顾我的女儿,您尽可以放心:我从来不曾改变过自己的生活。"

"很好,"伊戈尔医生欣慰地说,"夫人,您可以想象这样一个世界吗?在那里,我们每日不用被迫去做同一件事情。况且,如果我们决定饿了才吃饭,那么主妇又怎么做饭呢?饭馆又怎么营业呢?"

我们饿了才吃饭,这样才正常嘛,女人想,但是她没说什么,因为她害怕医院不让她和女儿见面。

"那会乱成一团的。"她说,"我自己就是主妇,我明白你在说什么。"

"这样我们才有了一日三餐。我们每天在固定的时间醒来,一个星期休息一次。圣诞节我们互送礼物,复活节放假三天,我们在湖边漫步。如果您的丈夫突然兴致大发,想和您在客厅里做爱,夫人,您会觉得开心吗?"

这个男人说什么呢?我到这里是来看我的女儿的!她想。

"我会难过的。"她小心谨慎地回答,生怕说错了什么。

"很好。"伊戈尔开心了,接着说,"做爱的地方是床。否则,我们就做了坏典型,无政府状态会扩散。"

"我能看我的女儿吗?"女人打断了他。

伊戈尔医生投降了。这个村妇永远不会知道他说的是什么,他从哲学的角度来讨论疯狂,而她却丝毫不感兴趣,尽管她知道女儿真的想死,而且曾陷入昏迷。

他按了铃,叫来了秘书。

"把自杀的那个女孩叫来,"他说,"就是那个给报纸写信,以死告诉大家斯洛文尼亚在什么地方的姑娘。"

"我不想见她。我已经切断了与世界的联系。"

她很艰难地当着活动室所有人的面讲出了这句话。不过护工太不谨慎了,他扯着嗓子告诉她母亲在等她,好像这件事跟所有人有关一样。她不想见母亲,因为她们两个都会痛苦。最好当她已经死了。维罗妮卡一向憎恶离别。

护工来了又走了。她转头望着远处连绵的群山。一个星期过去了,太阳终于出来了,不过她前一天晚上就知道了——弹琴的时候,月亮告诉了她。

不,我真是疯了!我正失去自我控制。星辰不会说话,当然星相学家不这么认为。如果月亮确实和一个人说了话,那一定是跟那个精神分裂的人说的。

正想到这里,维罗妮卡的心突然一阵刺痛,一只手麻木了。她感到天旋地转:心脏病犯了!

然而她却觉得欣喜,仿佛死亡会让她从死亡的恐惧中解脱。

好了,一切都结束了!她可能会疼,但那不过是五分钟的弥留之痛,换来的却是永恒的宁静。她唯一能做的是闭上双眼,电影里面的死人总是圆睁着眼睛,这让她觉得恐怖莫名。

但是,这次的心脏病突发却和她想象的不同;她的呼吸开始变得困难,这让她很害怕。维罗妮卡察觉到她正体验着一件最可怕的事:窒息而死。她会死,就像被生生活埋,就像被人突然推入大海一样。

踉跄中她摔倒在地,脸上挨了重重的一击,她拼命地呼吸,然而空气却始终进不来。更糟糕的是,死亡没有来临,周围发生的一切她依旧一清二楚,看得到颜色与形状。只是她听不清身边人的话,惊声尖叫仿佛来自另外一个世界一般缥缈。此外的一切是那样的真实,空气进不来,不肯服从肺与肌肉的指令,然而意识却没有消失。

她感觉有人扶起了她,让她仰卧在地,但她的视觉已经不受控制,她感到眼花缭乱,千百个不同的图像同时发送到她的大脑,窒息的感觉与混乱的视觉融为一体。

过了一会儿,混乱的图像也渐渐远去,就在痛苦达到顶点的一刻,空气终于进来了。她不由发出一声颤抖的呻吟,活动室里所有的人都惊呆了。

维罗妮卡不由自主地大吐特吐。灾难的一刻终于挺了过去,有些疯子却开始笑话她。她很失落，觉得深受侮辱，却没有力量反抗。

一位护工跑了进来，在她的胳膊上打了一针。

"安静些。都过去了。"

"我还没有死？"她不由得大喊起来，一边呕吐着，一边向病人的方向走去。秽物弄脏了地面和家具。"我还待在这该死的疯人院，我还得跟你们待在一起。每一天每一夜都有无数的人死去，可是却没人可怜我！"

她转过身来，朝着护工走来，一把夺下他手上的针管，把它扔到花园里。

"你想干什么？你知道我已经活不长了，为什么不给我打一针毒药？你有没有同情心？"

她根本无法自控，一屁股坐在地上，开始失声痛哭。她尖叫，她号啕大哭，而其他疯子却嘲笑她，笑话她把衣服都弄脏了。

"给她打一针镇静剂。"一位匆匆赶来的医生说，"要把局面控制住。"

然而，那个护工却兀自呆立不动。医生出去了一下，再回来时拿着一支新的针管，后面跟着另外两位护工。男人们拉住了歇斯底里的维罗妮卡，医生扯过她肮脏的胳膊，往静脉里推了一针，连一滴药水都没剩下。

伊戈尔医生的诊室里有一张床,床单刚刚换过,白得纯洁无瑕。她就躺在这张床上。

他听着她的心跳。她假装睡熟了,然而胸腔内肯定发生了什么变化,因为医生确信她听得到,并对她说:

"不要慌。你现在的身体活上一百年也不成问题。"

维罗妮卡睁开双眼。有人帮她换了衣服。难道是伊戈尔医生?他看过她的裸体了吗?她的大脑简直转不动了。

"先生您说什么?"

"我说你不要慌。"

"不是。先生您说我会活一百年。"维罗妮卡纠缠不休。

"医学界里,任何事都不好确定。"伊戈尔掩饰说,"一切皆有可能。"

"我的心脏怎么样了?"

"还是那样。"

什么都不用说了。面对重症病人，医生总是说"你会活到一百岁的""一点儿都不严重"或"你的心脏、血压和小伙子没什么两样"，要不就说"我们需要重新做个检查"，仿佛害怕病人把诊室全砸了一样。

她想坐起来，但失败了，一动便感到天旋地转。

"再躺一会儿，等你感觉好点。你并没有打扰我。"

真好，维罗妮卡想。但是，要是她真的打扰了呢？

伊戈尔是位有经验的医生，他沉默了一会儿，装作专注于桌子上的文件。如果我们面前有一个人，这个人却一句话都不说，那么气氛就会变得诡异、紧张、一触即发。伊戈尔医生等着女孩先开口，这样他可以为自己的论文和现行的治疗方法搜集更多的资料。

维罗妮卡依然一言不发。也许她类矾中毒的程度已经很深了，伊戈尔医生想。他决定打破这沉寂，气氛已经变得诡异、紧张、一触即发。

"听说你喜欢弹琴。"他说，仿佛只是随口说说。

"疯子们爱听。昨天一个人站定在那里，听了半天。"

"是爱德华。他和别人说过他爱好这个。谁知道呢？他又像正常人一样吃饭了。"

"精神分裂病人也爱好音乐？还和别人说起这个？"

"是的。我敢打赌你对此事一无所知。"

这个头发染得黑亮的医生,看起来比自己的病人还疯,但他说的是对的。维罗妮卡听过那个术语无数次,可她真的一点儿概念都没有。

"能治好吗?"她问,她想得到更多关于精神分裂症的知识。

"能控制。疯人的世界,人们还不十分了解。一切都是新的,每隔十年疯病便会发生一些变化。精神分裂患者是想从这个世界脱离的人,他们天生便有这种倾向,直至一件事——因人而异,事情可大可小——使他创造了一种只属于自己的现实。病情可以完全痊愈,或有所好转,病人可以工作,过上基本正常的生活。这一切取决于一样东西:环境。"

"创造了一种只属于自己的现实。"维罗妮卡重复了一遍,"什么是现实?"

"现实就是大多数人觉得应该如此的事。它不需要是最好的,也不需要是最具理性的,只需要符合大多数人的愿望即可。你看我脖子上有什么?"

"一根领带。"

"很好。你的回答合乎逻辑。正常的人都会这样回答:一根领带。

"而疯子却会说我脖子上系着一条彩色的布,这布条且不说很可笑，更是一点儿用都没有。它在我的脖子上缠缠绕绕，让我的脑袋无法动弹自如，就连喘口气都得费很大的力气。要是我站在电扇旁边，一不小心布条就会卷进去把我勒死。

"要是疯子问起我领带有什么用，我得这么回答：一点儿用都没有，甚至连装饰的效果都没有，因为今日它成了奴役、权力和疏远的象征。领带唯一的作用就是，当我们回到家里解开它时，会让我们觉得解脱，从一件连我们自己都说不清楚的事情中解脱了。

"但这种解脱的感觉能证明领带的存在是合理的吗？不能。即便如此，要是我同时问一个疯子和一个正常人这是什么，我还是会认为那个回答领带的人的精神是健全的。对不对并不重要，重要的是谁更有理性。"

"先生您认为我不是个疯子，只是因为我叫出了这块彩色布条正确的名字。"

不，你不是疯子，伊戈尔医生想，他是这方面的专家，获得的证书挂满了诊室的墙。与自己的生命作对是人类的天性。他认识的很多人都做过这事，尽管他们在表面上依然一脸无辜，完全正常，那也只是因为他们选择的自杀方式不够决绝。他们中了一种毒，伊戈尔医生称之为"类矾"，他们在慢慢地自杀。

类矾是一种有毒物质，通过与他认识的男女交谈，伊戈尔医生将其症状摸得一清二楚。他正在撰写一篇这方面的论文，准备提交给斯洛文尼亚科学院，供其研究之用。这将是精神病学界的一大进步，当年皮内尔医生命人解开了束缚疯子的枷锁，并认为某些疯子是可以治好的，这种想法震惊了整个医学界，而今天，伊戈尔医生也将步其后尘。

弗洛伊德医生发现了利比多，一种催生性欲的化学反应，但是至今尚无一个实验室将其成功分离。类矾也是一样，这是一种当人处于恐惧状态时从器官中析出的物质，现代的光谱测试根本无从察觉。但其味道却很容易识别，它既不甜也不咸，而是苦的。它的发现者——尽管还未被承认——伊戈尔医生用一种毒药的名字为其命名。过去，当皇帝、国王或各种情人想永远地摆脱一个人的时候，总是用得着它。

有皇帝与国王的时代真美好！那个时代，生与死都是浪漫的。杀人者邀请受害人共进晚餐，侍者端着两只美丽的杯子走了进来，其中的一杯酒里掺进了矾，受害人的行为让人多么激动啊！他拿起杯子，或甜言蜜语，或恶声恶气，将那毒酒当作琼浆般一饮而尽，然后他惊讶地望着主人，横死在地板上。

今天，这种毒药由于价格昂贵难以获得，早已被更安全的毁灭手段替代，比如手枪、细菌、等等。伊戈尔医生是个天性浪漫的人，他救活了这个几乎被大家遗忘的名字，用它给他诊断出的精神疾病命名。这个发现会震惊世界。

奇怪的是,没有人说过类矾会致人死命,尽管大多数染毒者可以辨认出它的味道,他们说中毒的过程就像苦病发作。所有人的身体中都有苦病存在,只是分量不同而已,正如每个人身上都带有结核杆菌一样。不过当人脆弱时,这两种病才会发作。当人害怕所谓的"现实"时,苦病的发作便有了土壤。

有些人一心想建立一个外部威胁进入不了的世界,因此严防死守外部的一切,比如陌生的地方或不同的体验,而内心却不设防。这样,苦病从里面开始作恶,直至沉疴难起。

苦病(或类矾,伊戈尔医生更喜欢这个名字)的侵袭对象是意志。被病魔击倒的人渐渐地失去了渴望,不出几年便再也不肯走出自己的世界,因为他们费了千辛万苦才构筑了心灵的堡垒,那里有他希望的现实。

为了不受外界打击,他们还限制着内心的成长。他们依然上班、看电视、抱怨交通、生儿育女,但却机械地做着这一切,内心激不起半点涟漪,因为这一切都在控制下。

苦病的最大问题在于所有的感情,恨也好,爱也好,绝望也罢,激动也罢,好奇也罢,都再也不会表现出来。过上一段时间,苦病患者将不会有任何渴望。他们既不想活,也不想死。这便是问题所在。

因此,对于苦病患者来说,英雄与疯子同样迷人,他们对生或死都不感到恐惧。面对危险，无论是英雄还是疯子都表现得毫不在乎，他们不管旁人如何评说，一心勇往直前。疯子自杀了，英雄为了理想牺牲了自己，这两类人死去了，而很多夜晚、很多白日，苦病患者却可以去评说这两种人的荒谬或荣耀。这是唯一的瞬间，苦病患者有了力量，跳上了自卫的堡垒，开眼看看外面的世界，不过一会儿，他的腿累了，手乏了，便又回到了日复一日的生活中。

慢性苦病患者每星期只有一次机会能发现自己的病，那就是在周日的下午。那天，他没有工作，也没有任何杂事来舒缓病症，他开始察觉有样东西不太对头，因为那天下午太平静了，就像地狱一般，时间仿佛停滞不前，而他却愤懑莫名，随时都可能爆发。

但周一来临了。苦病患者马上把病症忘得一干二净，尽管他咒骂说自己根本没有时间休息，抱怨说周末过得太快。

从社会的角度来说，这个病唯一的优点在于它已经变成了规则，因此无需入院治疗，当然已经开始影响其他人的重症患者除外。大部分的苦病患者可以留在外面，不会对社会造成危害，因为他们自己周围构筑的堡垒让他们完全与世隔绝，尽管表面看来，他们正积极地参与社会。

西格蒙德·弗洛伊德医生发现了利比多，找到了治疗由它导致的病症的方法，并因此发明了心理分析。伊戈尔医生发现了类矾的存在，但他还需要证明，类矾的治疗也是可能的。他也想青史留名，尽管从不去想为了这个理念他将要面对多少困难，因为"正常人"满足于自己的生活，永远不会承认自己有病，而"病人"却兴旺了疯人院、实验室、研讨会，等等。

"我知道现在世人不会承认我的成果。"他对自己说，对自己不为人理解颇感自豪。这是天才应该付出的代价。

"先生您怎么了？"躺在他眼前的姑娘问，"您仿佛进入了您病人的世界。"

对这句不敬的评论，伊戈尔医生不置可否。

"你可以走了。"他说。

维罗妮卡不知道现在是白天还是黑夜,伊戈尔医生把灯打开了,可是每天清晨他都这样做。走到走廊时,她看到了月亮,才发觉自己比想象中睡了更长的时间。

走回病房的路上,她看到墙上挂着一张镶着镜框的照片,拍的是卢布尔雅那的中心广场,那时普列舍仁的雕像还没安放在那里,可能是个星期天,人们在广场上散步。

她看了下照片的日期,是一九一〇年的夏天。

一九一〇年的夏天,这些子孙皆已亡故的人,将生命的一刻定格于此。女人拖着沉重的长裙,男人无一例外地戴着帽子,拄着手杖,系着领带(或者彩布条,疯子们都这样说),套着鞋罩,胳膊上挂着一把雨伞。

天不热吗?那时的温度和现在的夏天差不多,阴凉的地方大概三十五度。如果来了一个穿着短裤和衬衫等凉爽服装的英国人,这些人会怎么想?

"一个疯子。"

她完全明白伊戈尔医生的话。同样地,她明白自己的生命里拥有爱、柔情与保护,但她缺少一样把这所有的一切变成幸福的东西:她应该更疯狂一下。

不管怎样,她的父母都会爱她,但她却不敢为了梦想而拼搏,因为她怕伤害他们。那个梦想深埋在她的记忆深处,尽管一场音乐会或一张偶然听到的唱片会将它唤醒。然而,每次从梦想中苏醒,挫败感便愈加强烈,她别无他法,只能再次催眠梦想。

孩提时代,维罗妮卡便知道什么是自己真正的愿望,那便是成为一位钢琴家。

十二岁时第一节钢琴课上,她便感受到了这一点。老师也察觉到了她的天赋,鼓励她走职业道路。一次钢琴比赛她获了奖,兴高采烈地对母亲说她准备抛弃一切,一心成为钢琴家。母亲温柔地看着她,回答道:"亲爱的,没有人能靠弹钢琴活着。"

"那你还送我上钢琴课?"

"那是为了让你多才多艺,这样就行了。丈夫们喜欢这样的妻子,在宴会上你可以盖过其他人。忘了当钢琴家这件事吧,去学法律,这才是你未来的职业。"

维罗妮卡按照母亲的要求做了,显然母亲的经验更老到,知道什么是现实。她上完中学,考入大学,文凭拿到了,分数也很高,却只在图书馆找了份工作。

"我应该更疯狂一些。"但就像大多数人一样,她明白得太晚了。

她转身继续行路,这时一个人抓住了她的胳膊。刚打的强效镇静剂尚在她的血脉中流淌,因此,当精神分裂症患者爱德华轻轻拉着她朝相反方向,也就是活动室那边走时,她没有任何反抗。

天上依然是那弯新月,维罗妮卡坐在钢琴前,这是爱德华无言的要求,此时她听到饭厅有声音传出。有个操外国口音的人正说着什么,维罗妮卡不记得维雷特有什么人操这种口音。

"爱德华,我不想弹钢琴。我想知道发生了什么,我想知道旁边的人在说什么,那个男人是谁。"

爱德华笑了,也许她说的话他一个字都不明白。不过,她想起了伊戈尔医生的话:精神分裂症患者可以在他们自认的现实里自由进出。

"我要死了,"她接着说,希望他能理解自己的话,"今天,死神的翅膀轻拂过我的面颊,明天或是后天,也许他就会来敲我的门。你可不能养成每晚都听我弹钢琴的习惯。

"爱德华,人不能惯自己的毛病。你看看我吧:我再一次喜欢上了太阳、山川，还有麻烦事。生活缺少意义的责任不在别人，而在自己，我现在接受了这个事实。我想再一次看看卢布尔雅那的广场，再一次体验爱与恨、绝望与烦闷，再一次感受日常生活的简单与琐碎，这些也正是人生的乐趣所在。如果有一天我能离开这里，我还想当个疯子，因为所有人都是疯子。糟糕的是有些人不知道这一点，他们只对别人的发号施令乐此不疲。

"但这是不可以的，你明白吗？同样，你不能整天盼着夜晚的来临，等着我为你弹琴，这一切都不长久。我和你的世界都到了尽头。"

她站起来，温柔地抚摸着那小伙子的脸，然后走到饭厅。

她打开门，注意到一件不同寻常的事，饭桌和椅子都被推到了墙边，饭厅中央空出了一块地方。博爱会的成员坐在地板上，正听着一位穿西装打领带的男士演讲。

"这样，他们邀请了苏菲派的大师纳斯鲁汀来做讲座。"他说。

门开了，所有的眼睛都看着维罗妮卡。穿西装的男士转身对她说：

"请坐。"

她坐在地上，身边是玛丽，那位银发女士，两人初次见面时,玛丽简直凶恶极了。而这次却出乎她的意料,玛丽居然笑着欢迎她。

穿西装的男士继续说:

"纳斯鲁汀把讲座定在两点,那真是场盛会:一千张门票很快售卖一空,另有六百人守候在会场外面,看闭路电视直播讲座。

"两点到了。纳斯鲁汀的一位助手来了。他说因为不可抗力的因素,讲座不得不推迟举行。一些人发火了,他们要求退票,离开了会场。即便如此,会场内外还是有很多听众。

"下午四点大师还没现身,人们纷纷退票,慢慢地离开会场:总之,这讲演是听不成了,该回家了。等到六点的时候,原有的一千七百位观众只剩下不到一百人。

"此时,纳斯鲁汀进入了会场。他看上去醉醺醺的,开始向坐在第一排的一位美丽的女听众大献殷勤。

"人们惊愕之余,不由得怒气冲冲,他们一连等了四个小时,而这个男人居然这副德行?一些人的抱怨声几乎清晰可闻,而苏菲派的大师并不以为忤,他依然肆无忌惮地赞美那女人的性感,并邀请她同往法国旅行。"

这是什么大师呀!维罗妮卡想,好在我从不相信这种事。

"他冲抱怨的人骂了几句粗口,然后想站起来,却不料重重地摔在地上。人们忍无可忍,终于愤而离席,他们说这不过是自吹自擂，一定要向媒体揭露这套骗人的把戏。

"只剩下了九个人。愤怒的人群离开之后，纳斯鲁汀便站了起来。他变得举止适度，眼睛放着光，周身笼罩着肃穆与智慧的光芒。'你们这些留下的是要听我话的人，'他说，'你们通过了灵修之路上最艰难的两次考验，一是要耐心地等待正确时刻的来临，二是勇敢地不对遭遇的事情失望。我要教的人正是你们。'

"然后，纳斯鲁汀与他们分享了苏菲派的一些心得。"

男人停了下来，从兜里掏出了一只奇怪的长笛。

"我们先休息一下，然后再一起冥想。"

人们纷纷站起来。维罗妮卡不知道该干什么。

"你也站起来吧。"玛丽拉着她的手说，"我们有五分钟的放松时间。"

"我还是走吧，我不想添乱。"

玛丽拉着她，来到一个角落。

"你都要死了，难道还什么都没学到吗？不要成天想你会让别人不自在。如果其他人不喜欢，他们会提出来的。如果他们不敢提，那就是他们自己的问题了。"

"那天，当我走近你们的时候，我做了一些以前从来不敢做的事。"

"疯子们开了一个玩笑，就把你吓到了。为什么你不继续向前呢？你又有什么可失去的呢？"

"我的尊严。大家都不欢迎我。"

"什么是尊严？是希望大家都觉得你好，觉得你做什么都对，觉得你对朋友充满爱心？还是尊重一点儿人性吧，没看过有关动物的片子吗？它们是怎么争夺地盘的？你打了那个耳光，我们大家都很开心。"

维罗妮卡可没时间争地盘，就变换了话题。她问玛丽这男人到底是什么人。

"你好多了。"玛丽笑着说，"你问问题了，而不去考虑是不是冒失了。这个男人是苏菲派的导师。"

"苏菲是什么意思？"

"羊毛。"

维罗妮卡不懂了。羊毛？

"苏菲是托钵僧的灵修传统，导师不寻求展示自己的智慧，而弟子会跳舞、旋转，最终进入迷狂的状态。"

"这有什么用？"

"我也不是很清楚，不过我们这个组织要我们体验所有的禁忌。我这一生中，政府都在教育我们说追寻灵魂只会使人逃避现实的困难。可是你回答我一个问题：试图弄懂生活就是一个现实问题，你不觉得吗？"

是的，这是一个现实问题。而且，对于"现实"一词的实际所指,她已经无法确定了。

穿西装的男子,那位玛丽口中的苏菲派导师,要大家围坐成圆圈。他拿来饭厅里的一只花瓶,取出里面所有的花,只剩下一朵红玫瑰,然后把这朵花放在圆圈中央。

"你看看我们今天所取得的成就。"维罗妮卡对玛丽说,"过去某个疯子才觉得冬天也可以种出花来,如今我们欧洲整年都有玫瑰可采。你觉得一位苏菲派导师凭借他的知识,就什么都能做到,是不是?"

玛丽似乎在猜测她的想法。

"以后你再发表批评吧。"

"试试吧。因为我所有的只有现在,短暂的现在。"

"大家拥有的都只有现在,而且总是十分短暂。一些人觉得自己拥有过去,有了一定的积累,也将拥有未来,而积累将会更多。说到现在,请问你手淫次数多吗?"

尽管镇静剂的药劲还没过,维罗妮卡还是想起了自己在维雷特听到的第一句话。

"我刚进维雷特的时候还戴着呼吸机,听到有人问我想不想手淫。这是怎么回事?你们在这里就成天想这些事吗?"

"这里也想,在外面也想。只是在这里,我们不需要隐藏而已。"

"是你问的我吗?"

"不是。不过我觉得你应该知道快乐到底能达到什么程度。下一次,你耐心一点儿,引导你的伴侣感受到快感,而不是让他引导你。就算你只剩下两天的命了,我还是觉得你不能离开世界时还不知道那是什么滋味。"

"那就只能跟那个听我弹琴的精神病了。"

"至少他长得很帅。"

穿西装的男人打断了她们的谈话,大家安静下来。他要求大家排除杂念,把所有意念集中于玫瑰花上。

"思绪会回来,但尽量不这样做。你们有两种选择:控制你们的思想,或被它控制。你们已经经历过了第二种,因为你们都曾经被恐惧、不安、崩溃牵绊,人类总是有这种自毁的倾向。

"不要混淆疯狂与失控。你们知道,苏菲派伟大的导师纳斯鲁汀正是被大家称为疯子的那种人。正因为在他生活的城市里,人们都觉得他不正常,他才可以想说什么就说什么,想做什么就做什么。这就像中世纪宫廷里的小丑,他们能提醒国王警惕危险,而大臣却不敢这样做,因为他们害怕丢官弃职。

"你们现在就该这样。要继续当个疯子,但在行动上要像正常人。这当然有点冒险,因为你们与众不同,不过慢慢地,你们会学会不令人侧目。把注意力集中在这朵花上吧,让你们真实的自我显现出来。"

"什么是真实的自我?"维罗妮卡打断了男人的话。也许大家早就知道了,不过她不在乎:关于是否会打扰别人这件事,她现在应该少些顾虑。

话被打断了,男人有点意外,但还是回答了她的问题。

"就是你到底是什么样,而不是别人觉得你是什么样。"

维罗妮卡决定沉入冥想,努力去寻找真实的自我。在维雷特的这几日,她以前所未有的强度体验着很多感觉——恨、爱、害怕、好奇、活下去的渴望。也许玛丽是对的:她真的知道什么是高潮吗?还是仅仅达到了男人想让她达到的高潮?

穿西装的男人开始吹奏长笛。不久在音乐声中,她的心灵平静了,把意念集中于玫瑰。或许这是镇静剂的功效,不过,她从伊戈尔医生的办公室出来之后就感觉很好,这的确是一个事实。

她知道自己活不长了,那又害怕什么呢?害怕已于事无补,不会让心脏病不发作。所以应该享受最后的日子,或者时刻,做她没做过的一切。

音乐婉转如诉,饭厅透出的光清凉如水,形成了一种近似宗教的氛围。宗教——为什么她不能沉浸其中,看看自己还剩下多少信仰，多少执着呢？

音乐向另外一个方向指引着维罗妮卡：她驱除了杂念，什么都不想，只想着存在。她投入地注视着玫瑰，看到了自己，她喜欢这一切，然而又悲哀地发现人生竟如此匆匆。

冥想结束了，苏菲派大师离开了。玛丽又在饭厅待了一小会儿，与博爱会的成员聊了聊。维罗妮卡借口太累，先走了一步。其实，她注射的镇静剂足够让一头牛沉睡不醒，而她却一直撑到了现在。

"年轻就是这样呀！它确定了自己的极限，而不问身体能否承受得了。实际上，身体总是能受得了。"

玛丽毫无困意。她很晚才醒，起床后想逛逛卢布尔雅那，因为伊戈尔医生要求博爱会的成员每天离开维雷特一次。她去了电影院，又在观众席里大睡了一觉，那场电影实在无聊透顶，不外乎丈夫与妻子间的矛盾与冲突。难道就没有其他题材了吗？丈夫与情人，丈夫、妻子与生病的孩子，丈夫、妻子、情人与生病的孩子，为什么总是老调重弹？世界上总该有更重要的事值得讲述。

人们在饭厅只聊了一小会儿，冥想让人感到轻松，大家都想回房睡觉。玛丽却与众不同，她想去花园里走一走。经过活动室时，她正巧瞧见那姑娘没能回房的那一幕。现在，那姑娘正弹琴给爱德华听，这个精神病人可能一直守候在钢琴边。疯子就像小孩子，除非得偿所愿，否则绝对不会动弹一步。

寒风砭人肌肤。玛丽回房披了一件外套，又走了出去。现在没人看得到她，她点燃了一支烟，毫无愧疚地慢慢吸着。她想着维罗妮卡，想着耳边的钢琴声和维雷特墙外的生活——对所有人来说，那都是难以忍受的。

玛丽认为，这种困境不是由于混乱、无序或无政府状态，而是过于循规蹈矩的结果。社会上规则越来越多，又有很多律条与之相悖，新的规则再去与法律作对，这让人如坐针毡，没有人能够逾越这无形的却指导人一切生活的规矩。

玛丽对此了如指掌：有四十年的时间她在做律师工作，直到因病被送到维雷特。职业生涯一开始，她便失去了对司法的天真态度，开始懂得人们创造法律并不是为了解决问题，而是为了将争斗无限期地拖长。

遗憾的是，安拉、耶和华、上帝——无论叫什么名字都好——没有生活在今天的世界上。因为那样的话，我们所有人都可以在天堂中享福，而神却要回应人间的无助、恳求、哀恸、嘱托，并要在不计其数的听证会上解释自己为什么要把亚当和夏娃逐出伊甸园——他们不过吃了知善恶树的果实，违反了一个专断而又没有任何公平可言的法条而已。

如果他不想让这一幕发生，那为什么非要把那棵树栽在园子中央，而不是墙外的什么地方呢？如果亚当夏娃请她辩护，那她一定会指控上帝犯了"玩忽职守罪"，因为他不但把树栽在了错误的地点，而且一没张贴告示，二没立起围栏，连最起码的安全措施都没有，置过往行人于危险之中。

玛丽还可以指控他犯了"教唆罪"，若不是他的提醒，那两人是没法知道那棵树的确切地点的。倘若他什么都不曾说，那么人类会世代繁衍，在那块土地上安居乐业，而不会对禁果产生兴趣。而那树本应生长在森林之中，四周都是一模一样的果树，就不会具有任何特别的价值了。

但是神没有这样做。他制订了法条，然后想方设法地引诱其他人违犯，只为施以惩罚。他知道，一切是如此完美，亚当与夏娃一定会感到厌倦，迟早有一天他们会挑战他的耐心。他静观其变，因为也许正是他——无所不能的神厌倦了完美的世界。如果夏娃没吃禁果，这几亿年间，世界上又会发生什么有趣的事呢？

等法律遭到了破坏，上帝——无所不能的审判者，居然煞有介事地大肆追捕一番，仿佛他对这两人的藏身之所毫无所知一般。神踏上了路途,天使看着他,这个游戏让他们倍感快乐(自从路西法①离开了天堂,他们的生活应该也变得沉闷无聊了)。玛丽觉得,圣经里的这段描写可以成为悬疑片中的精彩一幕:上帝的脚步声由远及近,夫妇二人惊恐地面面相觑,而后脚步声停在了他们隐藏的住所之外。

"你在哪里?"上帝问。

"我在园中听见你的声音,我就害怕,因为我赤身露体,我便藏了。"亚当回答说,他不知道说出这番话时,便已坦白了罪行。

好了,上帝假装不知道亚当在哪里,耍了这样一个小小的手腕,便得到了想要的一切。可是,为了不给认真看戏的天使留下半点疑问,他决定追问到底。

"谁告诉你赤身露体呢?"上帝问,其实他心里明白,这个问题只可能有一个答案:因为我吃了禁果,所以我知道了。

有了这个回答,上帝向天使显示了自己的公正,而现有的证据足以将那对夫妇绳之以法。这样一来,到底是不是夏娃的责任,或者亚当有没有求得上帝的原谅反倒无关紧要了。上帝需要一个典型,以后便不会有其他生灵——无论天上或是地上——胆敢反对他的决定。

---

① 原为炽天使,堕落之后化身为撒旦。

上帝驱逐了这对夫妇，他们的子女也为罪恶付出代价（时至今日，罪犯的子女也有同样的遭遇），司法系统就此诞生：法律，违犯法律（合理也好，荒谬也好，这无关紧要），审判（经验会战胜无辜），以及惩罚。

由于人类只能任神审判，没有权力修正判决，人类便创造了一种自我保护的机制，希望上帝不要再次暴露出专断独行的一面。然而千年的实践中，人们创造了太多的上诉手段，数量多到夸张的程度，因此现在条款、法规与文本之间相互纠缠，彼此矛盾，没人能真正理解，司法变成乱麻一团。

等上帝改了主意，派他的儿子拯救世人之时，又发生了什么呢？他掉进了自己编织的司法罗网里。

法律的混乱造成审判的混乱，最终导致圣子被钉在十字架上。审判的过程并不简单：先从亚那手里转到该亚法手里，又从祭司处转给彼拉多处理，彼拉多不想判决，借口罗马法中缺乏足够的法律支持。案子从彼拉多手里转给希律王决断。希律王说，犹太法律不允许判处死刑。案子又从希律王重新转给了彼拉多，彼拉多依然想给耶稣脱罪，希望与民众达成司法和解：他鞭打了耶稣，把伤口给民众看，然而这一切依旧徒劳无功。

正如现代公诉人一样，彼拉多决定提起公诉：提出用巴拉巴换耶稣。因为他清楚，司法此时已经变成一场大戏，需要一个高亢的结局，而罪犯的死亡正是众望所归。

最终，一条法规让彼拉多从尴尬中解脱出来，当出现疑虑时，这条法规会让法官而不是被审判之人处于有利地位。他洗了手，这就意味着他"既不赞成，也不反对"。这样，他既保存了罗马法的尊严，又没有伤害与地方官员的良好关系，同时把决断的重责转移给了民众，因为如果某个判决出了问题，罗马帝国的巡查官会从首都风尘仆仆而来，亲自查看到底发生了什么。

司法。法律。尽管仍不失为帮助无辜者脱困解厄的必要方法，但其运作方式却并不为所有人喜欢。玛丽开心于自己可以远离纷扰，尽管这个晚上，听着那动听的琴声，她忽然无法确定维雷特到底是不是她的归处。

"如果有一天我离开了这里，也绝不会再碰法律。我再也不要和疯子混在一起。那些疯子自以为是，自命不凡，其实，他们生活的唯一要义就是给其他人带来烦恼。我可以做裁缝，可以绣花，可以在市剧院门口卖水果。那毫无意义的疯狂，我已经经历过了。"

在维雷特可以吸烟，但是不能把烟头扔在草地上。玛丽兴高采烈地违反了禁令。待在维雷特最大的好处便是不必遵守戒律，而且，就算违反了规定，也不必承担后果。

她走到医院的大门。守卫——那里总是有个守卫,因为这是规定——向她点头致意,替她打开门。

"我不出去。"她说。

"琴声多美呀!"守卫说,"几乎每晚都是这样。"

"但不久就听不到了。"说完她便匆匆离开,不想浪费口舌解释原因。

她记得那姑娘第一次进入饭厅的时候,她便从那双眼睛中读到一样东西:恐惧。

恐惧。维罗妮卡可以有很多种感受:不安、羞怯、耻辱、拘束。但为何独独是恐惧?只有在面对一种具体的威胁,比如猛兽、有武器的人或地震时,才应该有这种感觉,而面对饭厅里面聚集的人,无论如何也不该产生这种情绪。

"不过人类就是如此。"她安慰着自己,"他们用恐惧取代了大部分的情感。"

玛丽收集了大量与这种病症有关的文章。时至今日,人们已经能公开讨论这个主题,就在最近她还看了一个德国电视节目,参加者讲述了自己的经历。节目里公布的一份研究表明相当多的人罹患了恐惧综合征,但是患者总喜欢隐藏病状,因为他们不想被别人看成疯子。

而当年玛丽初次发病时,这一切还不为人所知。"地狱啊!

不折不扣的地狱!"她思考着,又点着了另外一支烟。

琴声依然悠扬。维罗妮卡仿佛精力充沛得可以彻夜不眠。

自打这姑娘住进了维雷特,很多人开始觉得心神不安,玛丽也是其中之一。一开始,大家纷纷避开她,唯恐唤醒她生存的意志。还是让她继续求死吧,既然死亡不可避免。伊戈尔医生放言说虽然给她天天打针,但情况的恶化显而易见,神也救不了她。

病人们对这口信心领神会,这姑娘已被判了死刑,还是与她保持距离吧。不过,没人明白到底发生了什么,维罗妮卡居然为了活下去开始奋斗,虽然只有两个人肯靠近她,一个是泽蒂卡——明天就要离开这里的人,另一位就是爱德华。

玛丽想和爱德华谈谈,他总是充满敬意地听她教导。这孩子难道不知道他正在把维罗妮卡拉回这个世界吗?对于一位没有任何希望得救的人,难道这不是最悲惨的事吗?

她曾考虑过一千种解释这件事的方法,每一种都会让他陷入深深的内疚,这可不是她想做的。玛丽思索了一阵子,决定由着事态失控下去。她已经不做律师了,在这个无法无天的地方,她不愿意制订新的行为准则,不想成为坏的典型。

但是,维罗妮卡的存在触动了很多人,一些人开始重新思考自己的生活。一次博爱会聚会时,有人给出了如下解释:在维雷特，死亡总是突然而至，甚至不给人思考的机会；或者缠绵病榻多时之后再死，而这时，死亡往往是一种解脱。

然而维罗妮卡的情况却更戏剧化，因为她很年轻，她想活下去，而每个人都知道这是不可能的。一些人会问自己："要是我也摊上这事呢？如果说我现在拥有一个机会，我会好好利用吗？"

一些人不在乎答案，他们很早便放弃了，早已属于一个没有生命没有死亡、没有空间也没有时间的世界。另一些人却被迫思考，玛丽就是其中之一。

维罗妮卡稍稍停下弹奏,她看到玛丽在外面,大冷的天只穿着一件薄薄的外套。难道她想自杀吗?

不会的。想自杀的人是我。

她又开始弹起琴来。在她生命最后的日子里,她终于实现了自己的理想:全心全意地弹琴。想什么时候弹便什么时候弹,想弹多久便弹多久。即便全部观众只是一个疯子,她也全然不在意。他似乎懂得音乐,这才是最重要的。

玛丽从来没想过自杀。恰恰相反，五年前她在今天去过的电影院看了一场电影，那是一部讲述萨尔瓦多人民疾苦的片子，看得她惊恐万分，明白了自己的生活有多么重要。那时，她的子女已经长大，有了自己的生活，她决定放弃让人厌烦、无休无止的律师工作，将自己的余生献给人道主义事业。那一阵内战的传闻甚嚣尘上，但是玛丽不信，二十世纪末，欧共体不可能任战火燃烧在家门之内。

而在世界的另一端，人间地狱举目皆是。萨尔瓦多正是这样一个人间地狱，那里的孩子在街上流浪，忍饥挨饿，甚至被迫卖淫。

"太可怕了。"她对丈夫说，他坐在她身旁的座位上。

他点了点头。

玛丽推迟了一段时间才做出决定，也许该向丈夫坦白了。他们已经拥有了生活可以提供的所有美好的东西：家庭、工作、优秀的子女、舒适、娱乐、才学。为什么不为别人做些事呢？玛丽在红十字会有熟人，她知道很多地方正绝望地等待着志愿者的到来。

她厌倦了繁文缛节，厌倦了装腔作势，很多人经年累月解决一个不是自己造成的问题，她想帮忙，但又无能为力。而在红十字会工作，效果却立竿见影。

她决定一等电影结束，便请丈夫去喝咖啡，和他谈谈这个问题。

银幕上出现了一位萨尔瓦多的官员，正冷漠地辩解着某个不公现象。突然之间，玛丽感觉心脏跳得很快。

她宽慰自己，这不算什么。也许电影院里空气不足，造成了窒息。如果症状持续，她就去休息室透透气。

然而，大屏幕上惨剧却一件件接踵而来，她的心也越跳越快，甚至冒起了冷汗。

她吓坏了，想把注意力集中在电影上，看看是否能消除这些负面的情绪。但她发现自己完全跟不上剧情，画面不停变动，字幕依然清晰可见，而她却仿佛踏入另一种完全不同的现实，那属于一个她从未涉足的世界，一切都是如此陌生。

"我很难受。"她对丈夫说。

她原本不想说出这句话，她曾尽了最大的努力，因为这话一旦说出，便意味着承认自己有些不对劲。但是显然不能再拖下去了。

"我们出去。"他这样回答。

他握住妻子的手,想扶她起身。那手冰凉冰凉的。

"我没法出去。告诉我这到底是怎么了。"

丈夫吓坏了。玛丽的脸上全是汗水,眼睛里的神采与往日不同。

"别紧张。我出去请个医生来。"

她绝望了。他的话没错,可是所有的一切——影院、昏暗的阴影、并排观影的人们仿佛是种威胁。她确信自己还活着,甚至可以触摸到周围的生命,仿佛那是固体一般。而从前,她从未有过这种感觉。

"千万不要丢下我一个人。我这就起来,和你一起出去。你慢点走。"

两人请同排的观众起身让他们出去,向放映厅的深处走去,大门在那里。玛丽的心几乎要跳出来了,她确信,百分之百地确信,自己没法从这个地方离开。她把一只脚放在另外一只脚前面,请旁边的人起身,紧紧地抓住丈夫的胳膊,呼气、吸气,所做的一切,每一个动作仿佛都经过深思熟虑,有意为之。这实在太可怕了。

她一生从未感到过如此恐惧。

"我会死在电影院里。"

她觉得自己知道正发生着什么,因为很多年以前,她的一个女性朋友就死在电影院里,因为脑部的动脉瘤破裂了。

动脉瘤就像定时炸弹一般。那是血管上的微小曲张,就像旧轮胎的气泡一样,某些人终生带着病根,但最终什么事都没有。没有人知道自己是不是有动脉瘤,这病总是在不期然间被发现,比如因为其他原因做了脑部扫描。或者病情发作时才发现,人马上会陷入昏迷,一般来说短时间内就会死亡。

走在放映厅黑暗的过道中,玛丽想起了这位逝去的朋友。然而最奇怪的是,似乎动脉瘤的破裂损害了她的感知力,她觉得自己被送到了一个陌生的星球,这一切本是她熟悉的,却仿佛是第一次见到。

这毛骨悚然、不可解释的害怕;这孤独置身于另外一个星球的恐惧。这是死亡。

我不能再胡思乱想了。我要装成一切都好,一切都会好起来。

她尝试着让动作自然一些,某一瞬间,那种陌生的感觉有所减弱。从第一次感觉到心跳加快,到走到放映厅的门口,玛丽度过了生命中最恐怖的两分钟。

然而,当她走进灯火通明的休息室,那一切仿佛又回来了。颜色太过强烈,街上的嘈杂声仿佛从四面八方涌入,一切都如此不真实。她开始注意起从前忽略的种种细节，比如，当我们用双眼看东西时，看到的仅仅是一小部分，其余部分全然是失焦状态。

不仅如此，她还知道，她能看见的所有东西不过是大脑中的电脉冲产生的意象，通过我们称之为"眼睛"的玻璃体最终呈现出来。

不，不能再想这些，否则她会疯掉的。

此时此刻，动脉瘤的恐惧忽然消失了。她走出了放映厅，还活着，而她的朋友死去时几乎连起身的时间都没有。

"我去叫救护车。"丈夫说。妻子脸色苍白，嘴唇没有一丝血色。

"叫辆出租车吧。"她请求说，她听得到有声音从口中发出，也感觉得到声带的每一次颤动。

去医院意味着承认自己真的身体不适：为了让一切恢复正常，玛丽决定斗争到最后一刻。

他们从放映厅走了出去，彻骨的寒冷似乎起了积极作用。玛丽稍微恢复了一些自控力，虽然莫名的恐惧依然困扰着她。在夜里的这个时刻，丈夫绝望地拦着车，玛丽坐在马路边上，尽量不去看身边的一切：玩耍的少年，经过的车辆，附近公园飘来的袅袅乐声，这一切都仿佛如此不真实，如此吓人，如此超出现实。

终于,一辆出租车出现了。

"去医院。"丈夫扶妻子上了车,然后对司机说。

"看在上帝的分上,我们回家吧。"她哀求着他。她不想去任何陌生的地方。她急切地思念着熟悉的始终不变的事物,那些可以让她的恐惧有所缓解。

车驶向预定的地方,她心跳过快的症状逐渐减轻,体温也开始恢复正常。

"我好多了。"她对丈夫说,"大概是我吃的东西有问题。"

两人到了家。世界仿佛还是她从小就认识的那个。丈夫向电话机走去,她问他要干什么。

"请医生。"

"不必了。你看看我,我都好了。"

她的面色转为红润,心跳恢复了正常,而无法控制的恐惧也消失得无影无踪。

那天晚上玛丽睡得很沉,醒来的时候,她百分之百地确信,在去电影院之前,有人在她的咖啡里下了毒。一切不过是个危险的玩笑,她准备傍晚的时候叫上一位检察官一起去酒吧,看看究竟是谁干了这件坏事。

她去上班,处理了几份悬而未决的卷宗,用各种各样的事把时间填满。前一天的经历依然让她心有余悸,她需要证明给自己,那一幕永远也不会再发生。

她与一位合伙人谈起了那场关于萨尔瓦多的电影,不经意地提到自己对每天都做同样的事简直腻歪透了。

"也许该退休了。"

"你是我们这里最好的律师。律师这个职业有所不同,年龄越大越有优势。为什么你不休个长假呢?我相信,你回来的时候,又是一个激情澎湃的人。"

"我想要的是生命里一场决绝的改变。我想去冒险,想去帮助其他人,做以前没有做过的事。"

谈话到此为止。她去了广场,没有去平时常去的饭馆,而是去了另一家贵得多的馆子大吃了一顿,回到办公室的时间也比平常早。从那时起,她开始为退休做准备。

其他同事还没有回来,玛丽想趁着这个工夫处理一些还没干完的活儿。她打开抽屉,想拿出一支笔。她一向把笔放在那里,但这次却找不到了。一时之间,她突然觉得自己做错了事,竟然没有把笔放回原来的位置。

这足以让她的心跳加快,而前一晚经历的恐惧感又一次卷土重来。

玛丽动弹不得。阳光透过百叶窗,一切具有了不同的色彩,更加鲜明,更加夺目,而她却觉得自己下一分钟就会死去。一切都是那样的陌生,她在办公室究竟做了什么?

上帝啊!尽管我不相信您,可是请您救救我。

她又一次冷汗直冒,发现自己根本无法控制恐惧的感觉。如果有人此刻走进来,一定会注意到她那惊恐的眼神。她迷失了自我。

冷啊!

昨天,寒冷治好了她的病。可是现在,她又怎么走到大街上去呢?她又一次体察到身旁的每一个细节:呼吸的节奏(曾有一刻,她觉得如果自己不去呼吸,躯体本身简直没法做到),大脑的活动(图像在脑海里不停闪现,就像走马灯一样),越来越快的心跳,以及冷汗浸湿了的黏乎乎的身体。

这是恐惧。巨大的恐惧,没有任何理由,便让她什么事都不敢做,不敢向前一步,也不敢离开坐着的椅子。

会过去的。

昨天就过去了。但是现在她在工作,该怎么办呢?她看了一眼手表,她觉得这东西也是一种荒谬的机械装置,两根指针绕着轴心转动,它指向十二点,没人敢说是十点。其他的度量单位也是如此。

我不能再这么想了。不然,我会疯了的。

疯了。也许对她正经历的事来说,这个词恰如其分。玛丽鼓起全部勇气,站起来向洗手间走去。幸好办公室是空的。从座位到洗手间，她只用了一分钟，却让她觉得是永恒。她洗了一把脸，陌生的感觉减轻了一些，但恐惧依然如影随形。

会过去的，她对自己说，昨天就过去了。

她记得头一天晚上这种状况大概持续了三十分钟。她把自己关在一个隔间里，坐在马桶上，头埋在双腿之间。这个姿势使她心跳的声音变得很大，于是她又坐直了身子。

会过去的。

她就那样坐着，简直认不出自己，原来的她已经死了，回不来了。她听着进出洗手间的脚步声，龙头开关时的水声，还有无聊的交谈，净是鸡毛蒜皮的事。不止一个人想打开她所在的隔间的门，她轻声嘟囔了一句，那些人便不再坚持了。冲水的声音大得吓人，仿佛可以让整座楼倒塌，所有的人都会下地狱。

不出她所料，恐惧慢慢消退了，心跳也恢复了正常。万幸的是她的秘书很不称职，居然没有发现她不见了踪影，否则的话，办公室里所有的人都会聚集在洗手间，问她是不是不舒服。

玛丽发现自己恢复了自控能力，便打开了门，洗了很长时间的脸，然后回到办公室。

"您的妆都掉了。"一位实习生说，"要我借给您吗？"

玛丽没工夫回答这个问题。她走进自己的办公室，拿起包，装好私人物品，告诉秘书她要回家。

"可是你下午有很多约会呀!"秘书提出了异议。

"你照做就是,不要发号施令。我说什么,你就干什么。把约会全取消掉。"

女秘书的眼睛一动不动地看着玛丽。这个上司她跟了三年,对她一向礼貌有加。玛丽肯定出事了,也许有人跟她说她丈夫正和别的女人在家里鬼混,她要回去捉奸。

玛丽是个好律师,知道怎么处理,秘书对自己说。她确信第二天玛丽会向她道歉。

然而没有第二天了。那天晚上,玛丽与丈夫长谈一番,把自己的症状全告诉了他。两人得出了一个结论,心跳过速也好,直冒冷汗也好,或是陌生感、无力感,乃至控制不了自己,这一切都可以总结为一个词:恐惧。

玛丽与丈夫共同探讨了发生的一切。他觉得玛丽的脑子可能生了癌,但是没说出口。她觉得这该是凶事的前兆,但也没有说出口。两人用成人的逻辑与理智,寻找着可以交流的共同点。

"也许你该做个检查。"

玛丽同意了,但她有个条件,这件事谁也不能知道,连他们的子女都不能。

第二天她申请了三十天的无薪假期,事务所准了假。丈夫想带她去奥地利,那个国家有一些知名的脑科专家,可她根本拒绝离开家门——现在，病症发作得越来越频繁了，而且时间越来越长。

两个人费尽了力气，最终在镇静剂的作用下离开家门，来到了卢布尔雅那的一家医院。玛丽接受了一连串检查。没有发现任何异常，连一个动脉瘤都没有，这让玛丽在余下的岁月里安心了许多。

但是恐惧症却一如既往地发作。每日丈夫买菜做饭的时候，玛丽会强迫自己打扫屋子，这样注意力才能集中在其他事上。她开始阅读所有能搜罗到的精神疾患方面的书，但很快就停了下来，因为书上的每一条她都吻合。

最可怕的是，尽管发病已不是稀罕事，她却一如既往地害怕，现实让她充满陌生感，也无法控制自己。而且，丈夫的境遇让她深深自责，他承担了主妇的责任，工作增加了一倍，当然打扫屋子不算在内。

日复一日，情况却没有任何好转。玛丽开始感受到，或者说陷入到狂躁之中。一点儿小事就会让她失去平和，总要大吵大闹一番，最后以痛哭收场。

三十天后，玛丽的合伙人来到家里。他每天都打电话给她，而她从来不接，也没有让丈夫回话说自己正忙着做事。那天下午他不停地按门铃，直到玛丽开了门才作罢。

玛丽刚过完一个平静的早上。她沏了一壶茶，两个人聊起了工作的情况。他问玛丽什么时候回去上班。

"再也不回去了。"

他想起了那场与萨尔瓦多有关的谈话。

"你总是表现出最好的一面，总是可以选择想做的事。"他不带任何恨意地说，"但是我觉得，工作是最好的治疗。去旅行吧，去认识世界，当你觉得别人需要你时，你就是有用的人，但事务所的大门永远向你敞开，我等你回来。"

听了这席话，玛丽的眼泪扑簌而下，现在她哭得毫不费劲，因为已经驾轻就熟。

合伙人等待她平静下来。作为一位好律师，他什么都没有问。他知道沉默比发问有更多的机会得到答案。

果然不出他所料。玛丽告诉了他所有的事，从电影院里的经历到最近与丈夫的歇斯底里，而丈夫却是最支持她的人。

"我疯了。"她说。

"有这种可能。"他这样回答，仿佛了然一切，而语气却充满温情，"你只有两个选择：要么治疗，要么继续病着。"

"我这种状况没有治疗方法。我的大脑功能依然正常。我很紧张，因为这种状况已经持续了很长时间。我并没有疯子的常见症状，比如分不清现实与虚幻，比如无法控制的暴力行为等等。我只是很害怕。"

"所有的疯子都会说自己正常。"

两个人笑了,她又泡了一壶茶。他们有很多话题可聊:天气、斯洛文尼亚的独立、克罗地亚和南斯拉夫之间的紧张局势。玛丽整日看电视,对这一切了如指掌。

临走之前,合伙人再一次提到了这事。

"城里刚开了一家医院,"他说,"外国人投资的,发达国家的治疗条件。"

"治疗什么的?"

"失常。过度的恐惧也是失常的一种。"

玛丽答应会考虑一下,但她一直下不了决心。其后的一个月,恐惧症一直困扰着她,直到她发现受影响的不只是她的个人生活,连婚姻也几近解体。她再一次服了镇静剂,六十天内第二次勇敢地走出了家门。

她打了一辆出租车,向新开的精神病院驶去。途中,司机问她是不是去那里看朋友。

"听说那里很舒服,不过也听说疯子很容易激怒,还有人说治疗方法里包括电击。"

"我去看朋友。"玛丽回答道。

玛丽受了两个月的苦,可是一个小时的谈话便让她看到了出头之日。精神病院的院长是一位把头发染黑的男士,问诊时用的名字是伊戈尔医生。他解释道,她得的是恐惧综合征,这种病刚刚被国际精神病学年鉴承认。

"并不是说这病是新出现的。"他尽量用她懂的语言解释,"只是人得了这种病,就爱藏着掖着,害怕别人把自己当成疯子看。其实跟抑郁一样,不过是器官中某种化学物质失衡而已。"

伊戈尔医生开了一张药方,跟她说可以回家去了。

"我现在不想回去。"玛丽回答道,"您刚才和我说的话我都懂了,可是我还是不敢上街。我的婚姻现在一团糟,我也需要让我丈夫喘口气,这两个月他一直照顾我,也该歇歇了。"

既然股东们希望精神病院能更好地发挥作用,伊戈尔医生循例接受了她的入院申请,虽然他清楚地表明根本没有这个必要。

玛丽服用了适当的药物,接受了长期的心理咨询,病状减轻了很多,最后她痊愈了。

短短的时间内,玛丽进了精神病院的消息传遍了小城。一天她的合伙人,那位她的多年老友,无数喜悦与恐惧的分担者,前来维雷特看望她。他赞扬了她,因为她敢于接受他的规劝,来这里寻求帮助。突然他话锋一转,谈到了此行的原因。

"也许你现在退休正是时候。"

玛丽读懂了字面之后隐藏的含义:没有人会相信一个曾得过精神病的律师。

"你曾说过,工作是最好的治疗。我需要回去,哪怕时间很短。"

她等待着他的反应,而他却什么都没说。玛丽接着说:

"你不是也建议我治疗吗?我当时的确想退休,但我想光荣体面地离开,完全自愿,完全出于自然。我不想这样放弃我的工作,那会让我充满挫败感。请至少给我一个机会,让我恢复自尊,那时我再退休。"

合伙人清了清嗓子:

"我建议你治疗,不是让你入院。"

"这关系到我能不能活下去。我根本不能上街,我的婚姻也要完了。"

玛丽知道自己不过白费口舌,无论做什么,都说服不了他。无论如何,这可是关乎事务所名誉的大事。即便如此,她还是想再努力一下。

"在这里,我遇到了两种人:一些人根本没有机会返回社会,而另一些人本已痊愈,却装疯卖傻,不想面对生活的重责。我希望再爱上自己,也需要这样做,我必须相信自己能做出决定。我不想让不是自己选择的事牵着鼻子走。"

"我们的一生中,可以犯很多错。"合伙人说,"只有一种错绝对不可以犯,那就是会毁了我们的错误。"

再谈下去也无济于事:在他看来,玛丽犯了一个致命的错误。

两天之后，另外一个律师要求见她。他来自另外一家律师事务所，是她前合伙人最大的竞争对手。玛丽感到振奋：也许他是知道她正空闲，可以接受新的职位才来的，这样她还有机会找回在世界中的位置。

律师走入了会客室，坐下来，向她微笑了一下，问她身体是否好了一点儿，然后从包里拿出几份文件。

"我来这里是受您丈夫的委托。"他说，"这是离婚申请。当然了，您入院的费用，他会负责到底。"

这一次，玛丽一点儿反应都没有。她签了全部的文件，尽管以她的法律知识，可以无限期地把这场争斗拖延下去。然后，她来到伊戈尔医生的诊室，告诉他恐惧的症状又回来了。

伊戈尔医生明知她在撒谎，但还是无限期地延长了她的住院期限。

维罗妮卡想睡觉了,但爱德华依然伫立在钢琴旁。

"我累了,爱德华。我要睡觉了。"

她非常想继续为他演奏,让所有的奏鸣曲、安魂曲与柔板在她麻木的记忆中苏醒,因为他会欣赏,而从不提要求。不过她的身体可受不了。

爱德华多英俊啊!如果他肯离开他自己的世界片刻,把她当成女人一样看待,那么这些人间最后的日子会成为一生中最美的时刻,因为他是唯一把维罗妮卡看成艺术家的人。她觉得和这小伙子之间有一种联系,一种通过奏鸣曲或小步舞曲建立的联系,而这种感受是其他人无法给她的。

爱德华是个理想的男人。他多愁善感,风度翩翩,摧毁了一个毫无生趣的世界,在自己的脑子里重构了另外一个世界,那里有新鲜的色彩、人物与故事。那个新世界里有一个女人、一架钢琴、一轮由亏转盈的月亮。

"我可以现在就爱上你,把我的一切都献给你。"她知道他什么都听不懂,因此才这样说,"你只是要我演奏几支曲子而已,而我比你想象的丰富得多,我想把我懂得的一切都与你分享。"

爱德华微笑着。难道他懂得她的话吗?维罗妮卡害怕了,《淑女必读》上说不可以用这样直白的方式示爱,尤其是和没见过几面的男人。但她依然想继续说下去,反正她也不会失去什么。

"你是人世间我唯一能爱的人,爱德华。只是因为,如果我死了,你不会感到我不在了。我不知道精神分裂患者会想什么,但是我肯定你不会思念任何人。

"也许一开始,晚上突然听不到音乐,你会觉得奇怪。可是,只要月亮一出现,总会有人弹奏一曲,尤其是在精神病院,因为我们都是'月亮上的人'[①]。"

她不知道疯子和月亮到底有什么联系,但是这种联系一定很强,因为人们总是用它形容精神病患者。

"我也不会感到你不在了,爱德华,因为我要死了,要离开这里了。我不怕失去,所以也不在乎你是不是会想念我。今天我像一个恋爱中的女人一样弹琴给你听。这感觉太棒了!

"这是我一生中最美丽的时刻。"

[①] 葡萄牙语 lunático,直译为"月亮上的人",引申为"疯子、精神病患者"。

维罗妮卡看了看外面的玛丽,想起了她的话,然后转头看着面前这个小伙子。

她脱掉毛衣,向爱德华走了过去——想干什么,趁现在吧。外面很冷,玛丽忍不了太久,一会儿就会进来了。

他后退了一步,眼神中的疑问一览无余:什么时候再去弹琴呢?什么时候再弹一首新曲子,来充实他的内心呢?那些疯子作曲家的作品,历经数代流传至今,他与他们一样,灵魂中充溢着同样的色彩与欢乐、痛楚与煎熬。

"外面的那个女人曾对我说:'手淫吧,这样你才知道到底会有多快乐。'难道我真的可以感到更强烈的快感吗?"

她拉着他的手,想带他去沙发那里。但是爱德华礼貌地拒绝了她。他更愿意站在钢琴旁边,耐心地等待她再为他弹上一曲。

维罗妮卡有些手足无措,但随后便发觉自己不会有任何损失。反正她都要死了,为什么要抱住恐惧不放,让偏见限制自己的生活呢?她脱下衬衫、裤子、胸罩、内裤,赤裸裸地站在他面前。

爱德华笑了。她不知道因为什么,但是她看到他笑了。她轻轻地拉着他的手,放在自己的私处。那手停在那里,一动不动。维罗妮卡放弃了这个主意,拿开了他的手。

与肉体接触相比,更让她兴奋的是她可以随心所欲,没有丝毫顾忌。除了外面的那个女人可能随时闯进来,其他人都不会醒来。

她体内的血流得越来越快,刚脱掉衣服时,还感到有些寒冷,现在渐渐不觉得了。两个人面对面地站着,她一丝不挂,他衣着整齐。维罗妮卡的手滑向私处,开始手淫。之前她也这样做过,或者一人独处,或者有男人的陪伴。然而眼前这个男人对发生的事情毫不在意,这种场面她从来没有经历过。

这真让人兴奋,实在是太兴奋了!维罗妮卡站着,张开双腿,抚摸着私处、乳房与头发,她全然投入其中,以前从来没有这样过。她之所以如此忘我,不是为了让那小伙子从他的世界中走出来,而是因为她从来没有过这样的感受。

她喃喃自语,说出的那些话若是让父母、朋友、祖辈听到了,一定会觉得那是世上最肮脏的字眼。第一波高潮来了,她紧紧地咬着嘴唇,不然会快乐得尖叫出声。

爱德华站在她对面,眼中的光彩不同寻常,即便他只感觉到了力度、热量、汗水与身体的气味,也似乎明白了一些事情。维罗妮卡觉得意犹未尽。她跪在地上,再一次手淫了起来。

她想在快乐与欢愉中死去,她想做并且已经做了所有不让她做的事。她恳求那个男人抚摸她，征服她，对她为所欲为。她希望泽蒂卡也能在场，因为那个女人洞悉一切秘密，比任何男人都会抚摸另一个女人的身体。

她跪着，那个男人站着。她感到他抚摸着她，占有着她，为了说明白想让他干什么，她不惜口吐脏字。又一波高潮来了，这一次的感觉强过以往任何时候，她周围的一切都仿佛炸开了。她记得上午心脏病才发作过，不过这不要紧，她要快乐地死，她要在爆炸中死去。她试图握住爱德华的阳具，那物事就在她的面前，但是她不想破坏现在这一刻，所以不愿冒险。她在飞升，飞得很高很高，玛丽说得真对。

她觉得自己既是女奴，又是女王，既控制别人，又被别人控制。幻觉里，她同白人、黑人、黄种人、同性恋、乞丐轮番做爱。她属于所有人，所有人可以对她为所欲为。高潮接连不断：一次、两次、三次。以前不敢想象的，今天她全想象了一遍。她沉沦在最卑劣又最纯洁的想象中。终于她无法控制自己，大声地喊了出来，这是高潮不断的快乐与痛楚，许多男男女女，通过那扇想象之门，在她的体内进进出出。

她任自己躺在地上，身上汗水淋漓，心灵却充满宁静。她曾向自己匿藏起隐秘的愿望，她不知道这是为什么，也不需要一个回答。人要投入，她做到了，便足够了。

慢慢地，宇宙回到了原位。维罗妮卡站了起来。爱德华没有动过一下，但仿佛他身上也发生了一些变化：他的眼睛充满柔情，一种走进这个世界的柔情。

"我见识到了大爱，这太好了。虽然它只出现在一个精神分裂症患者的眼中。"

她开始穿衣服，这时，她感觉到活动室里有第三个人。

玛丽在这里。维罗妮卡不知道她是什么时候进来的，听到了什么，又看到了什么。就算她什么都看到了，维罗妮卡也不觉得惭愧，更没觉得害怕，只是看了她一眼，就像看一位近在眼前的人。

"我照你说的做了。"她说，"我飞上了天。"

玛丽沉默不语。她刚刚回想起那些生命中最重要的时刻，心情有些低落。也许该回归社会了，应该去面对外边的那些问题，告诉大家每个人都可以参加博爱会，即使没住过精神病院也无妨。

就像眼前的这个姑娘，她进入维雷特的唯一原因是想试探自己的生命。她从来不知道什么是恐惧，什么是抑郁，什么是幻觉，什么是精神危机，什么是人的想象的边界。她认识不少男人，却从未满足过隐藏得最深的欲望，结果连人生的一半都不了解。啊！要是每个人都能学会与自己内心的疯狂共存，那该有多好！难道世界会因此而堕落？不，人们只会更公正，更幸福。

"我从前为什么不这样做呢?"

"他想让你再弹一曲。"玛丽看了看爱德华,对维罗妮卡说,"我认为他值得让你这样做。"

"我会弹的,但是先回答我:为什么我之前没有这样做?我是自由的,我爱想什么就想什么,可为什么我老是憋着,不肯去想那些不能做的事?"

"不能做?你听好了:我当过律师,我熟悉法律;我也曾是个天主教徒,大半本《圣经》我都背得下来。你说'不能做'是什么意思?"

玛丽走到维罗妮卡身边,帮她穿上毛衣。

"看着我的眼睛,千万别忘了我说的话。只有两件事是不能做的。一件是人的法禁止的,另一件是神的法不允许的。不能强迫一个人和你发生关系,这是强奸。也不能和孩童发生关系,这是罪中之最。除此之外,你是自由的。总会有一个人,他的想法和你的一模一样。"

把这么重要的东西教给一个要死的人,玛丽可没有这份耐心。她笑了笑,说声"晚安",便离去了。

爱德华一动也不动,正等候着她的音乐。他曾站在她面前,看着她疯狂的举动,没有表露出一丝惊恐或嫌恶,这带给她莫大的快乐。就凭这个,她也应该奖赏他。因此,她坐在钢琴前开始弹奏。

她的心情很放松,死亡的恐惧也不再让她痛苦。多年来隐藏的自我,今天全部释放。她是贞女,又是荡妇;是女奴,又是女王,她感受到莫大的快乐,这更多地来自女奴,而不是女王。

那天晚上,仿佛奇迹一般,她回忆起了所有会的曲子,让爱德华得到了同样的愉悦。

伊戈尔医生开了灯,看到那女孩坐在候诊室时,不由得吓了一跳。

"现在太早了。而且我今天日程都满了。"

"我知道现在很早。"她说,"天还没亮呢。我需要和你谈谈,就一会儿。我需要帮助。"

她肤色黯淡,眼圈深重,是彻夜不眠留下的印记。

伊戈尔医生决定让她进入诊室。

他请她坐下,开了诊室的灯,然后拉开窗帘。不到一个小时天就要亮了,这样可以节省用电。股东在乎每一笔开销,不管它是多么微不足道。

伊戈尔医生飞速地扫了一眼日程:泽蒂卡经受住了最后一次胰岛素治疗,反应不错。更确切地说:在经历了那么惨无人道的治疗之后,她居然活了下来。好在他一早就让医生顾问团在一份声明书上签了字,要是出了什么事,由它来负责。

他开始阅读报告。护士报告说,有两到三个病人夜间表现得很粗暴。爱德华算一个,这小伙子凌晨四点才回病房,而且拒绝吃药睡觉。伊戈尔医生需要谨慎从事,不管维雷特内部如何自由自在,表面上它还得是个保守严肃的医疗机构。

"我有一件很重要的事想求您。"那姑娘这样说。

但是他仿佛充耳不闻。他拿起一只听诊器,听了听她的肺与心脏。又测了测她的反应,并用一只小手电筒照了照她的眼底。他发现她已几乎没有类矾——或者苦病,这是大家更熟悉的叫法——中毒的症状了。

然后他打了一个电话,让护士拿一支药过来,那药名很复杂。

"昨天晚上,你似乎没有打针。"他说。

"可是我感觉挺好的。"

"看看你的脸:眼圈发黑,一脸疲惫,连反应都迟钝了。你活不了几天了,如果你还想好好地活,那就照我的吩咐去做。"

"就是因为想好好活,我才来到你这里。我希望能好好地过这所剩无几的日子,但我想按自己的方式来过。我还有几天可活?"

伊戈尔从眼镜后面看着她。

"您尽可以告诉我，"她很固执，"我不再害怕，不再无动于衷，我什么都不想。我想活下去，但是我知道光有愿望是不够的。我认命了。"

"那你想要什么？"

护士拿着药走了进来。伊戈尔点了点头，她轻轻地卷起维罗妮卡的毛衣袖子。

"我还能活多久？"护士打针的时候，维罗妮卡又问了一次。

"二十四小时。可能还不到。"

她垂下了头，咬着嘴唇。不过，最后还是控制住了。

"有两件事，我想请您帮忙。第一件事：给我开一种药，有必要的话，给我打一针也行，只要我可以一直清醒，好好地过剩下的每一分每一秒。我现在很困，但是不想睡觉。我还有很多事要做。从前我总是把事情推到将来，因为我以为生命意味着永恒。而等我觉得生命毫无意义的时候，我又对那些事失去了兴趣。"

"你的第二个请求是什么？"

"我想离开这里，在外面死去。我要爬上卢布尔雅那的城堡，从前我总去那里，可是从来没在近处好好看过它。我想和那位冬天卖栗子春天卖鲜花的大婶说说话。我们总是擦肩而过，可我从来不曾问候她一句。我想不穿外套在雪天里走走，感受屋外的寒冷。从前我总是捂得暖暖和和的,唯恐得了感冒。

"伊戈尔医生,我想让雨水打在我的脸上,我想向对我有兴趣的男人微笑,如果他们请我喝杯咖啡,我一定接受邀请。我要吻我的母亲,告诉她我爱她,在她怀里大哭一场。对于感情的流露,我不会觉得羞愧,因为它一直存在,只是从前被我藏起来了。

"也许,我会走入教堂,看看那些雕像,他们从不曾和我说过一句话,但是这次,也许他们会和我说点什么。如果一个有趣的男人邀请我去舞厅,我会接受,我会整夜跳舞,直到筋疲力尽。然后我会与他共度良宵。从前,我也和其他男人在一起过,但不是克制自己,就是装成有感觉的样子,而这一次却大为不同。我想投入地爱男人,投入地爱这个城市,投入地度完这生命,最后,投入地死亡。"

维罗妮卡讲完了,屋子里一片死寂。医生与病人专注地对视着,仿佛这短短的二十四小时所蕴含的无限可能让他们着了迷。

"我可以给你开一些兴奋的药物,但建议你不要用。"终于,伊戈尔医生说了话,"这些药会驱走睡意,但也会带走平静,这是你能活下去最需要的东西。"

维罗妮卡觉得有点难受。每次打完针,身体都会产生不适感。

"你的脸越来越苍白了。还是去睡觉吧,明天早上我们再谈。"

她又一次想大哭一场,但还是控制住了情绪。

"没有明天了。您应该很清楚。伊戈尔医生,我累了,我太累了。因此,我才让您给我开点药。昨晚我一夜没睡,一会儿很绝望,一会儿又认命了。我可以再歇斯底里地爆发一次,就像昨天那样,但那又有什么用?眼下我只有二十四小时的生命,可有太多的事情等我去做,所以还是把绝望丢开吧。

"伊戈尔医生,请让我过好那屈指可数的时间。你我都知道,明天实在太晚了。"

"去睡觉吧。"医生坚持着,"中午再来,到时我们再谈。"

维罗妮卡知道此事再无转圜,就说:

"我去睡觉。我会再来的。不过,我们还可以再谈几分钟吗?"

"只有几分钟。我今天太忙了。"

"我就不兜圈子了。昨天晚上,我第一次如此自由地手淫。从前我不敢想的事,昨天通通想了一番,从前我抗拒害怕的事,昨天却带给我莫大的快乐。"

伊戈尔医生尽可能做出一副专业的样子。他不知道谈话会发展到什么程度,也不想和上司发生冲突。

"医生,我发现自己是个堕落的女人。我想知道是不是因为这点,我才会自杀。我身上有很多东西连我自己都不了解。"

还好,不过是做个回答而已,他暗想,本来还想叫护士进来做这场谈话的见证呢,免得我将来被指控性骚扰。现在不用了。

他回答道:"我们所有人都想做些不同于以往的事。我们的伴侣也是如此。这错了吗?"

"您来回答一下。"

"这真是大错特错。因为大家都不过是想想而已,只有少数人敢真干。每个人都觉得自己是懦夫。"

"哪怕少数人做的是对的?"

"谁强大,谁就是对的。现在跟以前不一样了,懦夫成了勇士,他们把观点强加在别人身上。"

伊戈尔医生不肯再谈下去。

"去休息一会儿吧,我还得为其他病人看病。如果你肯合作,我可以考虑满足你的第二个要求。"

这姑娘离开了诊室。下一个病人是泽蒂卡,她应于今日出院。但伊戈尔医生让她稍等片刻,他需要把自己与维罗妮卡的谈话记录下来。

在这篇关于类矾的论文里,他需要加上很长的一章,探讨"性"这个问题。其实,大部分神经官能症和精神病都是由性引起的。他觉得,幻觉就是大脑里的电脉冲,一旦得不到满足,就需要找到其他渠道宣泄出来。

当年还在读书的时候，伊戈尔医生便阅读了一本关于性怪癖的专著，那书写得很有意思，有性虐待狂、性受虐狂，还有同性恋，有人看到粪便会产生性冲动，有人看到别人的性器官会出现性冲动，有人交媾时会口吐脏话，还有其他种种，简直不胜枚举。开始时他认为，这是因为少数人无法和伴侣建立健康的性关系，才导致行为上有些偏差。

然而，随着他在专业方面的精进，看过的病人越多，越发觉每个人都可以讲出自己的不正常。人们舒舒服服地坐在诊室的扶手椅上，眼睛看着地面，开始长篇大论地讲起自己的"病"（简直不把他当医生看）或者"行为异常"（仿佛他这个精神病医生不能判断）。

人们一个接一个描述着自己的性幻想，与那本著名的性怪癖方面的书论述的正巧吻合。每个人都可以获得想要的性高潮，只要不侵犯性伴侣的权利，这正是那本书写作的目的。

在教会学校就读的女孩幻想自己遭受强奸。西装革履的男人或高级官员说他们将大把的钱花在罗马尼亚妓女身上，只为舔舔她们的脚丫。男人爱上了男人，女人爱上了闺蜜。丈夫想看妻子被其他人占有，妻子每次发现丈夫与人通奸，都会产生手淫的欲望。做母亲的要克制冲动，才能不去献身给第一个按门铃送东西的男人，做父亲的讲述了自己与有异装癖的人的故事，他们越过了警卫森严的边境，那真是一场隐秘的冒险。

还有乱交。似乎所有的人一生至少有一次产生过参加乱交的欲望。

伊戈尔医生把笔放下了，想起了自己：他也是这样吗？是的，他也愿意。乱交，就像人们想象的那样，肯定是毫无秩序纯粹快乐的东西。占有欲不再存在，快感和混乱取而代之。

难道是因为这个，很多人才中了类矾的毒吗？伊戈尔医生曾读过一份研究报告，在一场恪守一夫一妻制的婚姻里，共同生活的第三年或第四年，性欲便会消失。从此，女人会觉得男人拒绝了自己，男人会觉得自己成了婚姻的奴隶，然后，类矾，或苦病，开始摧毁一切。

与神甫相比，人们在精神科医生面前总能更加畅所欲言，因为医生不拿地狱说事。在漫长的职业生涯中，伊戈尔医生把人们能讲的全听了个遍。

只是讲讲而已，他们从不实践。尽管他也算是个有经验的老医生了，却总不由得问自己：人们为什么会害怕与其他人不同呢？

他试图找到答案，而回答总是千篇一律："我担心丈夫把我看成妓女。"如果坐在面前的是个男人，那回答也总是一成不变："我的妻子值得尊重。"

一般来说，到这儿谈话就结束了。什么每个人都有自己的性观念，就像指纹一样人人不同，说这些不会有用的：没人会信这个。床上的放浪形骸是要冒风险的,谁知道对方是不是个偏见的奴隶?人人都害怕这个。

我没法改变世界。他举手投降,让护士把那个治好了抑郁症的女人叫来。

不过我至少可以在论文里畅所欲言。

爱德华看着维罗妮卡从伊戈尔医生的诊室里出来,向病房走去。他想把秘密告诉她,向她敞开心扉。前一天,她曾把身体向他开放。他希望能够像她一样诚恳,一样自由。

自他因为精神分裂进入维雷特以来,经历的最为严峻的考验便是这个。他抵抗不住,却因此高兴不已,尽管回归社会的愿望让他有些许不安。

"这儿的人都知道这个姑娘挺不过周末。什么都没用了。"

但也许正因如此,他可以把自己的故事讲给她听。三年以来,他几乎只与玛丽交谈。可是他不确定玛丽是否可以真正地理解他。她也是做母亲的人,肯定会觉得他的父母没有做错,他们只是希望他好而已,而所谓天堂的幻影完全脱离现实,不过是青春期的一场荒唐的梦。

天堂的幻影!正是对天堂的希冀让他身临地狱。他与家人无休无止地争吵,心里充满内疚,这使他无力反抗,只能逃避到另外一个世界里。倘若不是玛丽,恐怕他现在还在一个与世隔绝的现实里挣扎。

但玛丽出现了。她呵护他,让他觉得依然有人爱着他。幸亏有她,爱德华还能知道自己身边发生了什么。

几天前,一位与他同龄的姑娘坐在钢琴前,弹起了《月光奏鸣曲》。不知是音乐还是那姑娘的缘故,或者因为月亮,也许与他在维雷特度过的时光有关,爱德华忽然发现,天堂的幻影再度让他寝食难安。

他跟着她走到女病房,一位护工守在那里。

"爱德华,这里你不能进去。回花园吧。天快亮了,今天肯定是个好天。"

维罗妮卡回头看了看。

"我想睡一会儿。"她温柔地说,"等我睡醒了,我们再聊。"

维罗妮卡不知道为什么,但是这小伙子却进入了她的世界,或者说,她那所剩无几的时光。她确定爱德华听得懂她的音乐。他欣赏她的才华,即使他从不说话,他的眼睛也告诉了她。

就像此时此刻,在病房门口,别人正说着一些她不想听的话。而他的眼睛里深情款款,爱意绵绵。

老跟精神病们在一起,连我都要变疯了。精神分裂的人感受不到这一点,因为他们不属于这个世界。

维罗妮卡感到一阵冲动,想回身给那个小伙子一个热吻,但她控制了自己。要是护工看到了，会告诉伊戈尔医生的，那医生就不会让她离开维雷特了，因为她居然吻了一个精神分裂症患者。

爱德华面对面地看着护工。维罗妮卡对他的吸引力比他想象的强烈得多，可是他需要克制，他会请教玛丽，这个唯一能与他分享秘密的人。她一定会说，以目前的情势，他想体验的这种情感，也就是爱，是既危险又无益的。玛丽会让爱德华别干这种蠢事，还是接着当一个正常的疯子吧（说完她会哈哈大笑，因为这话实在荒唐）。

他在饭厅与其他病人会合，吃了饭，然后按照规定到花园里散步。他一面进行着"日光浴"（那天的温度足有零度以下），一面寻觅着接近玛丽的机会。然而她的表情仿佛在说她想一个人待会儿。她什么话都不需要讲，因为爱德华理解寂寞，知道如何尊重她。

一个刚住院的人走到爱德华身边，大概还不认识什么人。

"上帝惩罚了人类。"他说，"上帝降下瘟疫，惩罚了人类。昨天，我梦见了他，他让我去拯救斯洛文尼亚。"

爱德华离他而去，那男人在后面大喊着：

"你以为我疯了？那你该读读福音书。上帝曾把他的儿子派来。现在,他的儿子第二次降临了!"

不过,爱德华已经听不到那人的呼喊了。他望着远方的群山,问着自己,这到底是怎么回事?长久以来,他都在寻找着平静,如今终于找到了,可是为什么他依然想离开这里?家里的问题已经都解决了,可他为什么要冒再次让父母蒙羞的风险呢?他越来越不安,不停地走来走去。他希望玛丽不再沉默,跟他说说话,可是她仿佛不如往日那般亲近。

他知道怎么逃离维雷特。无论守备如何森严,总是可以找出漏洞。理由很简单,人们一旦住进来,就不想出去了。西边有一堵墙,墙上爬满了裂缝,费不了什么劲就能翻过去。墙的后面是一片旷野,只要一路向北,不出五分钟,便会看到一条通往克罗地亚的公路。战争已经结束,弟兄又一次成了弟兄,边境不像从前那样戒备森严。如果运气不赖,六个小时之后,人就会在贝尔格莱德了。

有好几次,爱德华都到了那条公路,但是每一次,他都决定回到这里,因为没有收到哪怕一个让他可以继续向前的信号。而现在情况不同了:那个信号出现了。就是那位棕发碧眼的姑娘,她总是举止慌张,因为她知道自己喜欢的是什么。

爱德华想跑到墙边翻墙而过,再也不在斯洛文尼亚出现。但是维罗妮卡在睡觉,他至少要与她道个别。

"日光浴"终于结束了,博爱会的成员聚集在活动室里。爱德华凑了上去。

"这个疯子在这里干吗?"组织里最年长的一个人问道。

"随他去吧。"玛丽说,"我们都是疯子。"

所有人都笑了,然后大家讨论起前一天的讲座。焦点在于:苏菲派的冥想能否真正改变世界?真是众说纷纭,有理论,有建议,有应用方案,有反对意见,有对报告人的批评,还有人提出了方案,希望完善这历经几个世纪考验的东西。

爱德华厌倦这种讨论。关在精神病院里的人居然想拯救世界,丝毫不担心这会以身犯险,因为他们明白,无论他们的意见多么具体,外面的人也都不以为然。对任何事,每个人都有一套独特的理论,觉得自己的那一套才是真正重要的。就这样,他们日复一日,夜复一夜,月复一月,年复一年地夸夸其谈,拒不接受隐藏在看法背后的唯一的现实,而其实不管看法是好是坏,只有在人将它付诸实践的时候,才真正存在。

什么是苏菲派的冥想?什么是上帝?如果世界真的需要拯救,那么什么是拯救?如果这里或外面的人都可以按照自己的心意生活,并允许其他人也这样做,那么上帝便存在于每一个时刻之中,存在于每一个芥子的颗粒之内,存在于每一片或隐或现的云朵之上。上帝就在那里,人们却依然相信应该继续找寻,因为对他们来说,接受生命就是信仰未免太过儿戏。

他想起了那个简单的练习，苏菲派导师让大家凝视一支玫瑰，当时自己正等待着维罗妮卡回到钢琴边，因而听到了。难道这样就够了吗？

可是即使如此，即使曾经深沉地冥想，曾经如此接近天堂的影像，这群人居然还在这里喋喋不休，争论着、批评着、建构着理论。

他看着玛丽的眼睛。她躲开了，但爱德华决定彻底打破这一状态。他走到她身边，抓住了她的胳膊。

"别这样，爱德华。"

他本可以说"跟我来"，但他不想当着众人的面这样做，斩钉截铁的语气会吓坏大家。他宁可跪下来，用目光哀求她。

在场的男女都笑了。

"玛丽，你真成了他的圣人了。"有个人说，"昨天的冥想有效果了。"

多年的沉默教会爱德华用眼睛说话，他可以把全部感情蕴含其中。正如他相信维罗妮卡看得懂他的柔情与爱意，他知道玛丽也会理解他的绝望。此刻，他是如此需要她。

玛丽迟疑了片刻。终于，她扶他起来，挽着他的手。

"我们出去走走吧。"她说，"你太紧张了。"

两人再次来到了花园。等走到一个安全的距离，确信没有人听得到他们的谈话时,爱德华才打破了沉寂。

"我在维雷特也住了几年了。"他说,"我已经不再让父母蒙羞了,也把雄心放在了一边,可天堂的影像依然存在。"

"我知道。"玛丽回答说,"以前我们讨论过这件事。我知道你想做什么,该离开了。"

爱德华望着天空。难道她也会感同身受吗?

"全是那姑娘的缘故。"玛丽接着说,"我们看过太多人死在这里,在他们放弃了生命之后,死亡总会不期而至。而这一次却不同,那姑娘如此年轻、漂亮、健康,本来有大好前途等着她。

"维罗妮卡是唯一不想永远待在维雷特的人。这不禁让我们自问:我们呢?我们在这里追求什么?"

他点点头,表示同意。

"昨天晚上,我也问了自己,我待在这家疯人院到底想干什么?我忽然觉得,去广场上散散步,在三重桥上走走,到剧院前的市场买些苹果,谈谈天气,都比待在这儿好玩得多。当然了,我们不得不与一些遗忘已久的事打交道:付不完的账单、难缠的邻居、不被理解的讽刺眼神、难以排遣的孤独、子女无端的抱怨,等等。但我认为这些都是生活的一部分。面对它们,当然要付出代价。我们也可以选择不去承认它们的存在,但我觉得后者的代价更高昂。

"我想今天去我前夫的家里,向他道一声'谢谢'。你觉得怎么样?"

"我没什么想法。是不是我也得回家,跟父母说声'谢谢'?"

"也许吧。说到底,生活中的一切责任在于我们自己。很多人也有过我们的问题,但他们的解决方式不一样。我们寻找最简单的方法,把自己与世界隔绝开来。"

爱德华知道,玛丽是对的。

"我想重新开始生活。爱德华。我要去犯错误,从前我只是想想而已,从没有勇气付诸实践。恐惧症也许会卷土重来,但这次只会让我疲惫,因为我知道发作的时候,一不会昏厥,二不会死亡。我会交到新朋友,把他们教成疯子,让他们拥有智慧。我会告诉他们,不要对淑女或绅士守则亦步亦趋,要去发现自己的生活、渴望与冒险。人要好好活着!

"我会引经据典。面对天主教徒,我会引用《圣经》;如果是伊斯兰教徒,我就引用《古兰经》;面对犹太人,我便引用《律法书》;如果对方是无神论者,我会引用亚里士多德的名言。我不会再做律师,但可以用自己的经验举办讲座,介绍那些认识了存在之真谛的男女众生,他们的著作可以用一句话概括:好好活着!如果你活着,上帝便与你同在。如果你拒绝冒险,他会回到遥远的天国,变成一个仅在哲学上讨论的课题。

"大家对此心知肚明,但没人肯踏出第一步,也许害怕被人看作疯子。但是爱德华，至少我们不会有这种害怕。反正连维雷特我们都能熬过去。"

"我们只是不能竞选总统，因为对手会对我们的过去刨根问底。"

玛丽笑着，表示赞同。

"这种生活让我厌倦。我不知道能否战胜恐惧，但我厌倦了博爱会，厌倦了花园，厌倦了维雷特，厌倦了装疯卖傻。"

"如果我逃出去，你干不干？"

"你不会逃的。"

"几乎逃出去了，就在几分钟之前。"

"我不知道。我厌倦了一切，但是我已经习惯了。"

"从我被诊断为精神分裂住进维雷特的那天起，你便日复一日年复一年地关心我，把我当个人看待。我也习惯了这里的日子，习惯了我自己的世界，但是你不让我这样。我恨过你，但是今天，我爱你。玛丽，我希望你能逃离维雷特，正如我离开自我隔绝的世界一样。"

玛丽一言不发，离开了他。

维雷特的小小图书室，爱德华以前从未置身于此，今天他没有找到《古兰经》，也没有找到亚里士多德的著作，其他玛丽提过的哲学家的作品也没有找到。但是他读到了这样一首诗：

因此我对自己说：
疯子之幸运亦即我之幸运。
去吧，享用你的面包
痛饮你的美酒
因为上帝接受了你
你的衣物永远洁白
头发永远飘香。
与爱人享受这生命吧
在上帝赐予你的
所有浮华岁月中。
阳光之下，这成为
让你疲惫的工作与生活
沿着你内心的轨迹
看着目中的愿望
你知道上帝会让你负责。

"上帝会让我负责。"爱德华大声喊起来，"我还要说：'生命中曾有一段时间，我看着风儿吹过，忘记了播种，没有享受生命，更没有痛饮上天赐予的美酒。但有一天，我准备好了，重新开始工作。我向人讲述着天堂的影像，就像巴赫、梵高、瓦格纳、贝多芬、爱因斯坦,以及其他疯子一样。'好了,上帝会说我离开疯人院是因为不想看到一个女孩死去,但她会在天堂里,为我求情。"

"你说什么呢?"图书室管理员打断了他的话。

"我想现在就离开维雷特。"爱德华回答的音量比平时高出很多,"我有事要做。"

管理员按了铃,不一会儿两个护工便出现了。

"我想离开这里。"爱德华激动得不能自持,"我很好。让我和伊戈尔医生谈谈。"

但是两位护工已经一人抓住了他一只胳膊。爱德华试图挣脱,尽管知道无济于事。

"你犯病了,安生一点儿。"一位护工说,"我们会照顾你的。"

爱德华开始挣扎。

"让我和伊戈尔医生谈谈吧。我有很多话要和他说。我知道他会理解我的。"

而护工却拖着他往病房走去。

"放开我。"他喊道,"我就说一分钟。"

从图书室到病房恰好经过活动室,当时,所有的住院病人都集聚于此。爱德华挣扎不休,屋里一时变得十分热闹。

"放开他吧,他是个疯子。"

"这里是精神病院。别指望我们跟你们一样。"

一个护工低声对另一个说：

"我们得吓吓他们，否则局势会不可收拾的。"

"那就只有一个办法了。"

"伊戈尔医生不会喜欢的。"

"总好过被他看到这群疯子毁了他心爱的医院。"

维罗妮卡被惊醒时，身上冷汗直流。外面太嘈杂了，她需要安静，想接着睡觉。但外面的声响仿佛越来越大。

她迷迷糊糊地起了床，刚走到活动室，就看到爱德华被拖走的那一幕。其他的护士拿着针管，匆匆忙忙地赶来了。

"你们在干什么？"她大喊了一声。

"维罗妮卡。"

这个患了精神分裂的小伙子居然和她讲话了！他还叫了她的名字！她又羞又惊，想走到他身边，但是一位护工却拦住了她。

"你们在干什么？我可不是疯子！你们不能这样对待我。"

她推开护工，其他住院病人开始起哄，这让她觉得有些恐慌。难道她应该去找伊戈尔医生，然后离开这里吗？

"维罗妮卡。"

爱德华又叫了她的名字。他使出浑身的力气，终于从两个护工手里逃脱。他没有逃跑，而是站定在那里一动不动，就像前一天晚上一样。仿佛变戏法一般,大家都停止了动作,等着看下一步会发生什么。

一位护工靠近爱德华身边,爱德华看着他,再次用尽全身的气力大喊道:

"我会和你们走的。我知道你们想把我带到什么地方。不光是我,这儿的人都知道。再等一分钟就好。"

护工权衡了一下,觉得可以冒一下风险。无论如何,一切都仿佛恢复了原状。

"我觉得……我觉得你对我十分重要。"爱德华对维罗妮卡说了这番话。

"你不能这样说。你不是生活在这个世界上,你甚至都不知道我叫维罗妮卡。你昨天晚上没有和我在一起,求你了,告诉我你没有。"

"我是和你在一起的。"

她拉着他的手。疯子们大喊大叫,使劲鼓掌,大声说着一些不堪入耳的话。

"他们会带你去哪里?"

"去做一个治疗。"

"我和你一起去。"

"用不着。即便我告诉你不疼,什么都感觉不到,你也会吓坏的。其实，这可比镇静剂好多了，因为很快就可以清醒过来。"

维罗妮卡完全不懂他在讲什么，后悔刚才拉住了他的手，想立即逃得无影无踪。她羞得要死，真是再也不想见到这个男人了。他目睹了她最私密的行为，却对她温柔有加，始终如一。

不过，她突然想起了玛丽的话：对于自己的生活，她不需要对任何人做出解释，即使是面前的这个小伙子。

"我和你一起去。"

护工也觉得也许这样更好，这样，就不用强迫这个患了精神分裂的小伙子，他会乖乖地跟着他们走。

他们来到了病房。爱德华顺从地躺到一张床上。房间里有一台奇怪的机器和一个装满了布条的袋子。两个男人已等候许久了。

爱德华转头看着维罗妮卡，让她坐在旁边的床上。

"你看吧，不出一会儿工夫，这个消息就会传遍维雷特。大家都会安生了，因为就算是最暴怒的疯子，心里也有害怕的阴影。只有经历了这一切的人，才知道其实并没有那么可怕。"

护工们听到了这场对话，不过没人对爱德华的说法信以为真。他肯定会疼死的，但谁也不知道疯子的脑子里到底是怎么想的。但是，这小伙子说人们都会害怕，这倒不是疯言疯语：

这个消息会传遍整个维雷特，很快人们便会安生一阵子了。

"时间还没到呢，你就躺下了。"一个护工说。

爱德华起了身。他们在床上铺了一层橡胶垫。

"现在好了。你可以躺下了。"

他很顺从，很平静，仿佛一切再自然不过。

护士用布条把爱德华绑得严严实实的，又往他嘴里塞了一块橡皮。

"免得他不自觉咬了舌头。"一位护工这样向维罗妮卡解释。可以教训一下那小伙子，又可以给那姑娘上上课，这让他很开心。

他们把那台奇怪的机器放在床边的椅子上。那机器不比鞋盒大多少，上面有几个按钮，三个带有指针的测量仪。机器的上部伸出两根线，末端连着一个类似耳机的东西。

一个护工把那东西放在爱德华的太阳穴上，另一个好像在调试机器，把按钮忽而调左，忽而调右。尽管爱德华口不能言，但他始终含情脉脉地看着维罗妮卡，仿佛对她说：不要担心，也不要害怕。

"现在的频率是每零点三秒一百三十伏。"调试机器的护工说，"现在开始。"

护工按下一个钮，机器开始嗡嗡作响。爱德华的眼睛一下子失去了神采,身体在床上剧烈地扭动,如果没有布条绑着,脊柱简直都要扭断了。

"快停下来!"维罗妮卡大喊。

"已经停了。"一位护工一边回答,一边把耳机从爱德华的脑袋上拿下来。但是,他的身体依然扭个不停,头剧烈地摇着,以至于护工不得不死死地按住他。另外一个护工把机器收到袋子里,然后坐下来,抽了一根烟。

这景象持续了好几分钟。爱德华仿佛恢复了常态,但不久又重新开始抽搐。一名护工只好更用力地按住他,免得他的头来回摆动。不久抽搐症状渐渐减轻了,最后完全停了下来。爱德华的眼睛依然大睁着,护工合上了他的双眼,就像对待死人一样,然后,又从爱德华口中拿出橡皮,把他身上缠绕的布条解开,装进放机器的袋子里。

"电击反应会持续一个小时。"护工对维罗妮卡说。她不喊也不叫了,眼前看到的一切仿佛将她催眠。"一切都好。等会儿他就会恢复正常,也会安生了。"

电流袭击时,爱德华再一次有了这样的感觉:好像有人合上了窗帘,正常的景象慢慢模糊,直至全部消失不见。他没有感到一点儿疼痛或是难受,可他之前看过别人做电击,知道那滋味是多么可怕。

爱德华现在回到了平静之中。如果说刚才他意识到了心里萌生的新情感，开始发现爱不仅是父母给予的那种，那么毫无疑问，电击会让他恢复常态。

电击的主要功效在于让人忘记刚刚发生的事。爱德华不能靠无望的梦麻醉自己，不能去期盼一个并不存在的未来。他应该经常想想过去，否则，他就又要想回归生活了。

一个小时之后，泽蒂卡走进了病房。房间几乎空了，只有一个小伙子躺在床上，还有一位姑娘坐在旁边的椅子上。

等她走进时，发现那姑娘又吐了一场，脑袋耷拉着，往右边垂着。

泽蒂卡转身向外，想找人帮忙，那姑娘却抬起了头。

"没事。"她说，"我的病发作了。但是现在已经过去了。"

泽蒂卡小心地扶起她，搀着她来到洗手间。

"这是男洗手间。"维罗妮卡说。

"反正也没有人。不要紧。"

泽蒂卡帮维罗妮卡脱下肮脏的毛衣，洗干净之后，晾在暖气上，又脱下自己的羊毛衫，给维罗妮卡穿上。

"你留着这件衣服吧。我来这里是向你告别的。"

维罗妮卡心不在焉，仿佛对生活失去了所有兴趣。泽蒂卡又把她领回刚才坐的椅子上。

"爱德华很快就会醒来。开始他会想不起发生了什么,但很快就会恢复记忆。要是一开始他不认得你了,你千万别害怕。"

"我不会害怕的。"维罗妮卡回答说,"因为我也不认得我自己。"

泽蒂卡拉过一张椅子,坐在维罗妮卡身边。反正她在维雷特已经待了太长时间,跟这姑娘再待一会儿也没什么关系。

"还记得我们第一次见面的情景吗?那天我给你讲了一个故事,告诉你我们怎么看世界,世界就会呈现出什么样子。所有人都觉得国王是个疯子,因为他想建立秩序,而他的臣属大脑里根本没有这个意识。

"但是,生活中有些事情,无论我们怎么看,都是一个模样,对所有人都如此,比如爱情。"

泽蒂卡注意到维罗妮卡的眼睛里又有了神采,决定继续说下去。

"我想说的是,如果一个人剩下的日子不多了,但却用这屈指可数的时间坐在一个人的床前,看着他睡觉,那就可以称之为爱了。我还想说,如果那个人心脏病犯了却不声张,因为她不想离开那个男人,那只能说爱可能已经很深了。"

"也可能是绝望。"维罗妮卡说,"只是一种尝试,最终证明了在阳光下没有任何继续斗争的理由。我不可能爱上一个生活在另一个世界中的男人。"

"我们每一个人都生活在自己的世界里。但是,你看看天空,那里繁星密布,那些不同的世界结合起来,便形成了星座、太阳系与银河系。"

维罗妮卡站起来,走到爱德华的床前,温柔地用手摸着他的头发。有人能听她说话,这让她十分开心。

"很多年前,那时我还是个小孩子,妈妈强迫我学钢琴。我暗暗对自己说,只有当我真正爱上一个人的时候,才能弹好钢琴。而昨天晚上,平生第一次,我感觉仿佛完全不用控制动作,音符便从手指下流淌出来。

"一种力量指引着我,让我弹奏出从来不曾弹过的旋律。我沉浸于钢琴之中,因为我早已对这个男人深深入迷,即便他连我的头发丝都没碰过。昨天晚上,当我手淫时,当我弹钢琴时,那个我不是我自己,但我觉得我还是我自己。"

维罗妮卡摇了摇头。

"我现在真是胡说八道。"

泽蒂卡想起了自己在太空的遭遇,她曾见到飘浮于不同空间的各种生物。她很想把这一切讲给维罗妮卡听,但又害怕她更加混乱。

"你一再地强调你就要死了,我却只想说一句:多少人穷其一生都在追求着昨天你经历的那一刻,但他们却失望而归。

因此，即便你现在就死，也要充满着爱而死。"

泽蒂卡站了起来。

"你没什么可失去的。很多人不敢爱，是因为太多的事情，太多的过去与未来会纠缠不清。而你不同，你只有现在。"

她走近维罗妮卡，给了她一个吻。

"如果我在这里再待一会儿，我就不想走了。我的抑郁已经治好了，但我却在自己身上发现了更多的疯狂。我会带着它们走向新生，用我自己的眼睛观察生活。

"刚进维雷特的时候，我是个抑郁的女人。今天我是一个疯狂的女人，我深以为豪。我到了外面，行为不会与其他人不同。我会去超市购物，与朋友谈些八卦，在电视机前消磨时光。但是我知道我的灵魂是自由的，我可以与其他的生命交谈。在来维雷特之前，这是我想也不敢想的事。

"我会做些莫名其妙的事，为的是让人们评论一番：她进过维雷特！但是我知道我的灵魂并不空虚，因为我的生命有了意义。当我看到日落，会相信上帝就在那后面。若是有人来烦我，我会把他骂走，别人怎么想我才不在乎呢，反正大家会说：她可进过维雷特呀！

"我会盯着大街上的男人，和他们对视，他们觊觎着我，我不会感到羞愧。然后，我走进一家进口商店，倾尽所能买下最好的红酒。我想与丈夫共饮，我想让他开心，因为我是那样地爱他。

"他会笑着和我说:'你真是个疯子!'而我会回答:'当然了,我可是住过维雷特的人!正是疯狂解救了我。现在,我亲爱的丈夫,你必须每年休假,带我去见识险峻的高山。我活着,便要冒险。'

"人们会说:她自己住过维雷特不说,现在把老公都逼疯了!他知道,这些人说得都对。然后他会感谢上帝,因为我们的婚姻刚刚开始。我们是疯子,也只有疯子才会创造出爱。"

泽蒂卡哼着一首维罗妮卡从来没听过的曲子,离开了维雷特。

这一天过得真累,但是成果可谓斐然。伊戈尔医生尽量保持着科学家的沉着与冷静,可兴奋之情溢于言表:类矾测试有了喜人的结果!

"你今天没有预约。"他对玛丽说。她没有敲门便闯了进来。

"我再也不想拖下去了。其实,我只想问一下您的意见。"

"今天,大家都想问问意见。"伊戈尔先生想起了维罗妮卡,她刚问了一个关于性的问题。

"爱德华刚刚遭过电击。"

伊戈尔医生颇感意外,但成功地掩饰住情绪,等以后他会弄清楚到底是谁自作主张。"电流痉挛治疗法,请你使用正确的名称,不然人们会视我们为蛮族。如果你想知道我对此事的意见,我想你应该清楚,就使用而言,今天的电流痉挛治疗法与从前大不相同了。"

"但是很危险。"

"从前的确很危险。人们不知道准确的电流强度,也不知道应该把电极放在哪里。治疗过程中,很多人因脑溢血而死亡。但是现在情况已经变了,今天电流痉挛治疗法技术上的精确性提高了很多,它的优势在于使患者迅速丧失记忆,这样就避免了长时间药物治疗带来的化学中毒问题。你去读读精神病学杂志吧,千万别把电流痉挛治疗法与南美国家的电击酷刑弄混了。

"好了。我的意见说完了。现在我要去工作了。"

玛丽没有起身的意思。

"我不是来问您这个问题的。实际上,我想知道我能不能离开这里。"

"你什么时候想离开,什么时候就可以离开。什么时候想回来,什么时候再回来。反正,你丈夫也负担得起这里昂贵的费用。可能你想问我的是:我治好了吗?但我也想问你:到底治什么呢?

"你可能会说:治我的害怕,治我的恐惧综合征。我会回答你:好了,玛丽,你都三年没有犯过病了。"

"那么我就是治好了。"

"当然没有。你的病不是这个。我正在写一篇论文,打算提交到斯洛文尼亚科学院(伊戈尔医生不愿纠结类矾的细节问题),在论文里我探讨了所谓'正常'人类的行为方式。在我之前,很多医生都研究过这个问题,他们得出了一个结论,所谓正常不过是个常识的问题，或者说，如果大多数人认为一件事是对的，那这件事就是对的。

"有些事情，是由人的理智控制的。比如，衬衫的扣子是在胸前，因为在边上系扣很难，在背后系扣更是不可能。

"而另外一些事，如果越来越多的人觉得它应该是那样，它便会越来越向那个方向发展。我给你举两个例子：为什么打字机的键盘会以那种方式排列，这个问题你想过吗？"

"我从来没想过。"

"这种键盘我们称之为QWERTY键盘，是用第一行的字母排列方式命名的。我想知道这是为了什么，后来终于找到了答案：第一台打字机是克里斯托弗·肖尔斯于一八七三年发明的，目的在于改进书写。但是使用中出现了一个问题，人们飞速打字时，键会挤在一起，机器也不能动了。因此肖尔斯设计了QWERTY键盘，一种迫使打字员慢点打字的键盘。"

"我不相信。"

"但这是事实。后来，当时还是缝纫机制造商的雷明顿公司制造自己的第一批打字机时，采用了QWERTY键盘。这样，越来越多的人被迫学习这种打字系统，越来越多的公司开始生产这种键盘，终于有一天它成为唯一的标准。我重申一遍：打字机或者电脑键盘不是为了更快地打字，而是为了打字更慢一些，明白吗？如果键盘上字母的位置变了，那大家都不会买这种键盘了。"

当初第一次见到键盘的时候,玛丽心里也曾泛起过疑问,为什么键盘不按照字母顺序排列?不过,后来她再也没有想过这个问题,因为她相信,设计这样的排列方式是为了让人更快地打字。

"你去过佛罗伦萨吗?"

"没有。"

"应该去,反正离得也不远。我要举的第二个例子就在那里。佛罗伦萨的主教堂里有一座钟,漂亮极了,是一四四三年由保罗·乌切洛①设计的。这座钟很奇怪,它可以指示时间,这一点和其他钟都一样,但它的指针却是朝着逆时针方向走的。"

"可这一切与我的病有什么相干?"

"我马上就会讲到了。保罗·乌切洛设计这座钟的时候,本身并不想标新立异。在那个时代,一些钟就是逆向走的,而另一些是顺时针,就像今天的钟一样。不知道什么原因,或许因为大公已经有了一座顺时针座钟,并被认定为唯一的走向,这样,乌切洛之钟便成了颠覆与疯狂的象征。"

伊戈尔医生稍微停顿了一下。他知道玛丽跟得上他的思路。

---

① Paolo Vccello (1397-1475),十五世纪意大利画家,以透视法闻名。

"好了。现在说说你的病:每一个人都是独一无二的,有自己的特质与天性,追求快乐与寻找冒险的方式也各不相同。然而社会却把一种统一的行为方式强加给人,而为什么需要这样行事,人们居然连问都不问。他们只会接受,就像打字员把QWERTY视为最好的键盘一样。为什么钟表只能朝着一个方向走?为什么不能逆着走呢?你认识的人中有这样问过的吗?"

"没有。"

"如果谁敢这么问,肯定被扣上'疯子'这顶大帽子。如果他刨根问底,人们会随便给他找个理由,然后迅速转移话题,因为除了我刚才的解释之外,没有其他理由。

"现在,我们回到你问的问题。请再问我一次。"

"我的病治好了吗?"

"没有。你与众不同,却希望与别人一样。我觉得,这可以称得上是一种恶疾了。"

"与众不同这个病很严重吗?"

"希望与别人一样才是严重的病,会引发神经官能症、精神病和妄想症。强迫自己与其他人一样才是严重的病,因为这既违反了人的天性,又对抗着神的法则。在世界的每座森林里,每棵树木上,神创造的每片叶子都不尽相同。但是你却觉得与众不同是一种疯症,因此选择维雷特来逃避。因为在这里,每个人都与众不同,你也就变得与别人一样了。对不对?"

玛丽点了点头。

"因为人们没有勇气与众不同,只能选择违抗天性,这样机体便会产生类矾,或者说苦病,这是这种毒药更为人所知的名称。"

"什么是类矾?"

伊戈尔医生发觉自己太沉迷其中,决定换个话题:

"类矾是什么并不重要。其实我想说的是:一切症状显示,你的病还没有治好。"

玛丽有着多年的法庭经验,如今她想把这些经验付诸实践。庭辩的首要技巧是要装作赞同反方的意见,然后再把他绕到另外一个思路上去。

"我同意您的看法。我得了恐惧综合征,因为这个具体的原因来到了维雷特,而我留在这里的理由却十分抽象:我没了工作,没了丈夫,生活将会与往日不同,我没法面对这一切。我同意您的意见:我失去了重新生活的勇气,需要重新适应生活。再具体一点儿就是,在一家疯人院里,尽管有电击——对不起,电流痉挛治疗法,您更喜欢这个说法,有严格的作息,有病人发作时的歇斯底里,但是,与您所说的那个竭尽所能与别人一样的世界相比,这里的法则宽容得多。

"然而昨天晚上,我听到一个女孩弹钢琴。我从没有听过如此精彩的演绎。听着音乐,我不禁想起了那些音乐家,为了创作乐曲，他们忍受了多少折磨？他们把这些与众不同的作品献给在音乐世界里发号施令的人时，曾遭受到多少讥讽？为了求人资助交响乐队，又曾遭遇到多少困难，多少侮辱？观众尚不习惯这种旋律时，他们又忍受了多少嘲笑？

"还有更糟糕的。我当时想：受苦的不仅仅是作曲家，那姑娘正全情投入地弹奏，因为她知道自己就要死去。那我呢？难道我不会死吗？我的灵魂将置于何处，才能让我的生命之曲激越地奏响？"

伊戈尔医生静静地听着。他的所思所想，今天似乎有了结果，但完全确定尚为时过早。

"我的灵魂将置身何处？"玛丽再次发问，"它在我的过去，在那种我期望的生活之中。我让灵魂成为那一刻的囚徒：我有家，有丈夫，有一份欲罢不能的职业。

"我的灵魂停留在过去。但是今天它来到了这里，我感觉到它又回到了我的体内。我不知道该做些什么，我只知道，我用了三年的时光才懂得这个道理：生活将我推到了另外一条路上，而我却不想踏足。"

"我觉得我看到了好转的迹象。"伊戈尔医生说。

"我不需要求您让我离开维雷特。我可以大摇大摆地走出大门，再也不回头。但是我需要把这些讲给别人听，所以我讲给您听，正是那女孩的死，让我明白了自己的生活。"

"我现在觉得，好转的迹象正朝着奇迹般的痊愈演变。"伊戈尔医生笑着说，"你想怎么做？"

"去萨尔瓦多，照顾那里的儿童。"

"你不需要离乡背井：离这里不到两百公里，便是萨拉热窝。战争结束了，问题依然存在。"

"我会去萨拉热窝的。"

伊戈尔医生从抽屉里拿出一张表格，仔细地填写起来。然后他站起来，领着玛丽来到门前。

"上帝与你同在！"说完他回到办公室，关上了门。他不喜欢对病人动真情，但又无处可躲。维雷特会思念玛丽。

爱德华睁开眼睛时,维罗妮卡正在身边。刚开始做电击时,他需要很长时间才能想起发生了什么,这正是这种治疗法要达到的效果:造成部分记忆丧失,这样病人才能忘记困扰,变得更加平静。

然而,随着电击次数不断增多,效果也越发不能持久。不久,他便认出了维罗妮卡。

"你睡着的时候说了梦话,提到了天堂的影像。"她一边说,一边抚摸着爱德华的头发。

天堂的影像?是的,天堂的影像。爱德华凝视着她,决心把一切都告诉她。

然而,护士却拿着针管走了进来。

"你现在要打针了。"她对维罗妮卡说,"这是伊戈尔医生的命令。"

"我今天已经打过了。我不要打针。"她回答道,"我不想离开这里，也不想遵守任何命令、法规，谁也不能逼我。"

护士似乎早已习惯了这种回答。

"不幸的是，我们必须得给你打针。"

"我要和你谈谈。"爱德华说，"还是打针吧。"

维罗妮卡撸起毛衣袖子，护士打了针。

"乖孩子！"护士说，"你们为什么要待在阴冷的病房里呢？为什么不到外面走走？"

"昨天晚上发生的事，让你觉得羞耻吗？"走向花园的路上，爱德华问道。

"我羞愧过，但现在很自豪。我想了解天堂的影像，因为我曾接近其中的一种。"

"你要往远方看，看维雷特建筑物的后面。"

"那就看吧。"

爱德华向后看去。他看的不是病房的墙壁，也不是病人们静静散步的花园，而是一条街，它属于另外一个大陆，一片时而豪雨倾盆、时而滴雨不落的土地。

爱德华嗅得到那片土地的芬芳——正是旱季,灰尘钻进了他的鼻孔,他很开心,因为感受到土地的存在,便是感受到自己的鲜活。十七岁的他骑着一辆进口自行车,刚刚离开巴西利亚的美国学校,外交官的子女都在这里上学。

他憎恶巴西利亚,但又深爱着巴西人民。两年前,他父亲被任命为南斯拉夫大使,那时,大家做梦也想不到这个国家会血腥地分崩离析。米洛舍维奇执掌政权,男男女女们都按照不同的方式生活,大家努力地想克服地区争端,希望能和谐共处。

父亲驻扎的第一个国家恰好是巴西。在爱德华的想象中,那里有海滩、狂欢节、足球比赛,还有音乐。然而他却停留在首都,一个离海滩十万八千里,只为政客、官僚、外交官及他们的子女修建的城市。

爱德华厌恶生活在那里。他终日埋头读书,希望与同学友好相处,却归于失败。他苦苦寻找着一种方法,能够把兴趣转移到名车、时尚跑鞋、名牌时装这些青年人之间唯一的话题上，但却徒劳无功。

有时，有人会邀请他参加宴会。宴会厅的一侧，男孩子们烂醉如泥；另一侧，女孩子们装作事不关己。毒品暗中流传。几乎所有能搞到的毒品，爱德华都尝试过了，对其中任何一种都提不起兴趣。毒品或让他兴奋过度，或让他昏昏欲睡，也让他对身边发生的一切失去了好奇。

家人很担心。这孩子需要好好栽培，好在将来继承父亲的事业。尽管爱德华才华横溢——他喜欢学习，有艺术欣赏力，学习外语的能力很强，对政治也感兴趣，但是，他缺少外交官应该拥有的一种最基本的素质，他把与人交往视为畏途。

尽管父母常带他出席各种聚会，家中大门一直向美国学校的同学敞开，每个月零花钱也不少，但爱德华几乎从不和朋友出门。一天，母亲禁不住问他："你为什么不带朋友回家吃饭呢？"

"跑鞋的牌子我都知道了，随便跟人上床的姑娘的名字我也熟悉了，再也没有任何有趣的话题可谈。"

直到有一天，一位巴西姑娘出现了。儿子开始早出晚归，大使与夫人却平静以待。谁也不清楚爱德华是怎么认识那个姑娘的，但一天晚上，他带她回家吃了晚饭。女孩很有教养，他们很开心，这小伙子终于知道与陌生人交往了。不但如此，姑娘的出现也令两人卸下了心头重负：爱德华不是同性恋！原来两人都这么想，只是心照不宣而已。

他们对玛丽亚（女孩的名字）很亲切，就像未来公婆一般，尽管他们知道两年之后就要改换驻地，而且根本不希望儿子与异域女人结合。他们自有计划，儿子将来会遇到一位法国或德国的名门闺秀，在大使为他铺就的辉煌外交路上，有她陪伴会让他极尽体面。

然而，爱德华却爱得一日深似一日。母亲对此焦虑不堪，只能询问丈夫的意见。

"外交的艺术在于让对手等待。"大使说，"初恋可能终身难忘，但总会结束。"

但爱德华仿佛变了一个人。他把一些稀奇古怪的书搬回了家，在房间里搭建了一座金字塔，每天晚上与玛丽亚一起焚香，而且能几个小时一动不动地看着墙上一幅奇怪的图。而他在学校的成绩却下降得厉害。

母亲虽不懂葡萄牙语，却还看得懂那些书封面上的图：十字架、火刑堆、悬在空中的女巫、异质文化的图腾等等。

"我们的儿子正在看很危险的书。"

"危险的是巴尔干的现状。"大使回答道，"有传闻说斯洛文尼亚想要独立，这可能把国家拖进战争。"

而母亲对政治毫不关心,一心想知道自己儿子到底是怎么回事。

"他怎么会一个劲儿地焚香呢?"

"为了掩盖大麻的味道。"大使说,"我们的儿子受过良好的教育,他不至于相信那些有香味的细棍能够招魂。"

"我的儿子竟然吸毒了!"

"暂时而已。我年轻时也吸过大麻,后来就烦了,他也会烦的。"

女人很自豪,也放了心:她的丈夫有经验,沾染过毒品,居然戒得掉!有这般意志力的男人可以控制任何局势。

有一天,天气甚好,爱德华想买一辆自行车。

"你有奔驰,还有司机随车伺候。为什么又要买自行车呢?"

"为了与大自然接触。我和玛丽亚想出去旅行十天。"他说,"这附近有个地方,水晶藏储量非常丰富。玛丽亚说水晶会放射出积极的能量。"

他的父母接受的是共产主义教育,知道水晶不过是一种矿产,按照特定的原子顺序排列,根本不会释放任何积极或消极的能量。他们研究了一番,发现这种"水晶能量"的说法俨然已经非常流行。

如果他们的儿子不幸在官方宴会上谈到这个话题,其他人一定会觉得荒唐而又可笑。大使生平第一次承认自己的处境非常不妙。巴西利亚这个城市，流言满天飞，不久人们就会知道爱德华涉足原始迷信，而使馆里的对手会觉得他是和父母学的。外交不但是一门等待的艺术，还需要具有一种能力：在任何情况下，都保持符合常规与礼仪的外表。

"儿子，不能再这样下去了。"父亲说，"南斯拉夫外交部里的人都是我的朋友。你会成为一颗冉冉升起的外交新星。你需要学学怎么面对这个世界。"

爱德华离家出走，那天晚上没有回家。他父母给玛丽亚家里打了电话，甚至往停尸房和医院都打了电话，却一无所获。母亲对父亲治家的能力失去了信任，尽管父亲极为擅长与外人谈判。

第二天，爱德华饥肠辘辘、睡眼惺忪地回来了，吃过饭便回了房间，焚香，念咒，睡了整整一下午再加一个晚上。醒来时，一辆崭新的自行车映入了他的眼帘。

"去看水晶吧。"母亲说，"我会向你父亲解释的。"

就这样，那个干燥多尘的下午，爱德华开心地向玛丽亚家骑行。城市设计得真精妙（这是建筑师的看法），或者说，城市设计得真拙劣（这是爱德华的看法），竟然连一个拐弯都没有。他径直骑行在快车道右侧，仰头望着天空，天上白云朵朵，却一滴雨都不会落下。突然,他感到自己正飞速地向着天空飞升,然后陡然直落,撞在柏油路上。

砰!

我出了车祸。

他的脸紧紧贴着柏油路面,想翻个身,却发现身体完全不听使唤。他听到汽车的刹车声,人们在大喊,有人走过来想扶他起来,却传来了这样的喊声:"千万别动他!现在动了他,他一辈子就只能坐轮椅了!"

时间变得如此漫长,爱德华开始感到害怕。与父母不同,他相信上帝,相信死亡之后灵魂不灭,但即便如此,生活对他也太不公平了——他刚刚十七岁,便要夭在异国他乡,眼睛望着地,屁股朝着天。

"你还好吗?"他听到一个声音这样问。

不,不好。他动不了,连话都说不出。最糟糕的是,他依然意识清醒,发生了什么,遭遇了什么都很清楚。怎么没有昏迷呢?他冒天下之大不韪,如此虔诚地寻找上帝,上帝却对他毫无同情之心。

"医生就要来了,"一个人握着他的手,在他耳边轻声细语,"我不知道你能不能听到我说话,但别紧张。没什么大事。"

是的,他能听见,他希望这个人——一个男人——继续说下去,他需要对方信誓旦旦地表示,这不是什么大事。然而那是个成年人，他明白，情势严峻时人们总是这样讲。他想起了玛丽亚，想起了贮藏着水晶的山峦，那里充满了积极的能量。而巴西利亚却是他知道的最大的消极能量聚集地。

时间一分一秒地过去，人们安慰他，他却自事故发生后第一次感到害怕。一种尖锐的痛楚从头部开始，仿佛传遍了全身。

"医生来了。"男人握住他的手，对他说，"明天，你又可以骑车了。"

然而第二天，爱德华却躺在医院里，双腿及一只胳膊打上了厚厚的石膏，三十天内都不能离开医院半步，只能听着母亲嘤嘤哭泣，看着父亲暴躁地打电话。医生每隔五分钟就要重复一遍，最危险的二十四小时已经过去了，他的脑部没有受到任何伤害。

家人把电话拨到了美国大使馆，那里的人从来不相信公立医院的诊断，他们自有一套完善的医疗服务体系，还有一份巴西医生的名单，都是美国人认为有能力治疗他们的外交官的专家。有时候，出于睦邻友好，其他外交使团也可以借用这套医疗服务体系。

美国人带来了最新设备，给爱德华做了多项检查，最终他们得出了一贯的结论：公立医院的医生诊断正确，措施得当。

公立医院也许还有好医生，但巴西的电视节目却糟糕透顶，世界上的任何地方都是如此，爱德华几乎无事可做。玛丽亚来医院的次数日渐减少，也许她已经找到另一个男友，与她一起去看水晶山了。

大使与夫人却天天来医院看望他，这与女朋友的疏离形成了鲜明的对照。不过，他们不愿意把家里的葡萄牙语书籍带给他，借口是不久之后他们就会调任，犯不着去学一门再也用不上的语言。这样，爱德华只能与其他病人聊聊天，同护工们谈谈足球，或者读读无意中得到的杂志。

直到有一天，一位护工给了爱德华一本书，这书是别人给的，护工觉得"太厚了，简直没法读"。而正是从那一刻开始，爱德华走上了一条不同的路，一条引他来到维雷特的路。对他来说，现实并不存在，同龄人的行为也丝毫影响不到他。

这本书描写的是一些空想家的生活，他们的思想撼动了整个世界。他们想建立人间天国，终其一生希望得到他人的认同。书里有耶稣基督；有达尔文，他认为人类是从猴子进化而来的；有弗洛伊德，他断言睡梦具有重要意义；有哥伦布，为了寻找一块新大陆，他变卖了女王的珠宝；还有马克思，他认为所有人的机会都应该均等。

书里还描写了一些圣徒。如依纳爵·罗耀拉，这个巴斯克人风流成性，参加了无数战役，亲手杀死过许多敌人；潘普洛纳一役，他受了伤，在病榻之上理解了整个世界。圣特雷萨，为了找到通向上帝之路，她试过所有方法，直到有一天无意间走过一条走廊，在一幅画前站定。圣安东尼，厌弃了本来的生活，自我流放到不毛之地，与魔鬼共处了十年，经历了所有的诱惑。亚西西的圣方济各，一个同爱德华差不多的男孩，喜欢与飞禽对话，父母为他设计了一切，他却弃之如敝履。

那天下午，他开始阅读这本"厚书"，反正也没有其他事让他分心。夜半时分，护士走了进来，问他是否需要帮助，因为只有他的房间还亮着灯。爱德华连头都没抬，只用一个手势便打发了她。

这些男人与女人撼动了世界。这些男人与女人如他、他的父亲或者与他渐行渐远的女友一般平凡，面对程式化的生活，也有普通人的焦虑与不安。对宗教、上帝、思想的传播或新观念，他们其实并没有特殊的兴趣，但是突然有一天，他们决定改变。这本书很有趣，因为每个人物的生活中，都会出现一个神奇的瞬间，让他们去寻找属于自己的天堂影像。

这些人不肯让时光虚度。为了达成所愿，他们可以沿街乞讨，也可以谄媚王侯。可以将清规戒律视为敝履，也可以从容面对当权者的愤怒。可以和平外交，也可以动用武力。然而，他们却从不退缩，总可以战胜困难，化被动为主动。

第二天，爱德华拿出了金表，交给给他这本书的护工，请求护工把表卖掉,把这类书全买回来。可这样的书却只有这一本。他找来其中一些人物的传记,读后却发现这些人总被描写成上帝的选民或受到神启的人,而不是为了确定自己的想法进行艰苦斗争的普通人。

这本书让爱德华着了魔,他严肃地考虑着成为圣徒的可能。车祸也许会成为他生活改变的契机。但是他的腿断了,在医院里他看不到任何幻影,没有一幅画可以震撼他的心灵,也没有朋友可以和他在巴西高原上建起一座教堂,而沙漠又远离这里,那里的政治问题堆积如山。即便如此,他也可以做些事情。他要学习绘画,向世人展示那些圣徒眼中的影像。

后来,他取下了石膏,回到了使馆。他是大使的儿子,其他的外交官总是照顾他、关心他、娇惯他。他央求母亲替他报一个绘画班。

母亲说,他已经落下了很多课,现在最重要的是补课。爱德华不干了,他一点儿也不想学什么地理或其他科目。

他想成为画家。一不小心,他说漏了嘴:

"我想画出天堂的影像。"

母亲什么都没说,只是向他保证会跟朋友们聊聊,看看城里哪个绘画班最好。

那天下午,大使下班回家,看到妻子在房间里哭成了泪人。

"我们的儿子疯了。"她说,眼泪夺眶而出,"车祸伤了他的脑袋。"

"不可能!"大使生气地说,"美国人指定的医生给他做了检查。"

妻子把听到的一切都告诉了他。

"这很正常,不过是年轻叛逆而已。你再等等看,一切都会恢复正常的。"

但这一次,等待却没有任何结果,因为爱德华迫不及待地要开始新的生活。两天之后,爱德华等不及母亲朋友的建议,自作主张在一家绘画班报了名。他开始学习色谱与透视,整天与一些从不谈论跑鞋牌子或跑车样式的人混在一起。

"他和搞艺术的混在一起。"母亲哭着对父亲说。

"让他去吧。"大使回答道,"过不了多久,他就会厌倦的。就像他厌倦了恋人、水晶、金字塔、焚香和大麻一样。"

日子一天天过去,爱德华的房间变成了一个临时画室。在父母看来,他的画作简直是乱七八糟,里面有圆圈、奇异的色彩组合、原始图腾,还有做祈祷状的人。

爱德华一贯是个独来独往的小伙子,来巴西利亚两年了,都不曾带朋友来家里。但现在,他家里出入的净是奇怪的人。

他们衣衫不整，披头散发，听一些骇人的音乐，把音量开到最大，毫无顾忌地抽烟喝酒，视礼仪如粪土。一天，美国学校的校长请大使夫人过去，要和她谈一下。

"你儿子大概是吸毒了。"他说，"成绩已经不及格了，如果再没有改观，下个学期我们将不能为他注册。"

大使夫人直接来到大使的办公室，把这一切告诉了他。

"你老是说时间会让一切恢复正常！"她歇斯底里地大喊，"你的儿子吸毒，你的儿子疯了，他脑子有严重的问题，可你却只顾着酒会与社交！"

"小点声。"他央求她。

"我不会小声说话，这辈子都不会，除非你拿出个主意来！这个孩子需要帮助，你明白吗？他需要治病！你想想办法。"

大使有些担心妻子的吵闹会影响他在下属面前的形象，但他并不认为爱德华对绘画的兴趣会持续很长时间。大使是一个讲求实际的人，知道如何正确地处事，因而郑重其事地拟定了计划，正式向这个问题宣战。

首先，他打电话给美国大使，委婉地请求借用一下该使馆的医疗设备。那边应允了。

然后，他重新找了一些信得过的医生，向他们讲明了情况，要求他们对已做过的检查重新复核。医生担心卷入官司，便按着大使的要求办了，而结论依然是无任何异常。大使离去之前，医生要求他在一份文件上签名，声明从此之后，不追究美国使馆因提供医生姓名引起的任何责任。

随后，大使来到爱德华接受治疗的医院，与院长谈了谈儿子的问题。他要求他们以常规检查为借口，帮儿子验一次血，看看到底有没有残留的毒品。

儿子验了血，却没有任何吸毒的迹象。

现在，只剩下计划的第三步，也就是最后一步了。他要亲自和爱德华谈谈，弄清楚到底是怎么回事。只有在掌握全部情况之后，他才能做出正确的决定。

父亲与儿子坐在客厅里。

"你让你母亲很担心。"大使说，"你的成绩下滑得厉害，下学期都不知道能不能注册入学。"

"可是爸爸，我在绘画班的成绩上升得很快。"

"你对艺术有兴趣，我觉得很欣慰。但是你有的是时间搞艺术。现在，你得完成高中学业，这样我才能把你领上外交这条路。"

发表意见前，爱德华思索了很久。他想起了车祸，想起了那本关于天堂见证者的厚书——说到底，那本书不过是一个契机，让他看到了自己的真实意愿而已，还想起了玛丽亚，他再

也没有听人谈起过她。踌躇良久之后,他终于下定了决心,给了父亲这样的答复:

"爸爸,我不想当外交官。我想画画。"

父亲已经料到会有这样的回答,知道怎么对付。

"你可以画画,但在这之前你要完成学业。将来,在贝尔格莱德,在萨格勒布,在卢布尔雅那,在萨拉热窝,我们可以给你办画展。以我的影响力,可以帮上你很多。但是你必须完成学业。"

"如果那样做,我的路就太容易了。随便上一个大学,学习我并不感兴趣的专业,会挣很多钱。但这样,绘画就退到第二位了,我也会完全忘记自己的志愿。我需要学会用绘画挣钱。"

大使生气了。

"儿子,你什么都有,有爱你的家人,有房子,有钱,有社会地位。但是,你知道,我们国家的局势很复杂,内战的谣言满天飞。也许明天一早,我就不在这儿了,那我可就什么忙也帮不上了。"

"爸爸,我会帮我自己,请你相信我。总有一天,我会把'天堂的影像'画出来。人们在内心深处感受到的一切,我要用形象再现出来。"

大使赞扬了儿子的决定,微笑着结束了谈话。他决定再给儿子一个月——说到底,外交是一种推迟决定的艺术,直到问题自己解决为止。

一个月过去了，爱德华依然全心投入绘画之中。他还在与古怪的人交往，听那些会引起心理不适的音乐。更糟糕的是，因为与一位老师争论圣徒是否存在，他被美国学校开除了。

现在可没时间再推迟决定了，大使决心最后一搏。他把儿子找来，准备进行一场男人间的对话。

"爱德华，你已经到了承担责任的年龄，我们忍无可忍了。你该放弃当画家的愚蠢念头，找准一个职业方向。"

"爸爸，当画家就是我的职业方向。"

"你完全无视我们的爱。我们尽了一切努力让你接受最好的教育。你以前并不是这样，我只能把这一切归咎于车祸后遗症。"

"你明白，爸爸，我爱你们胜过生命里的一切事，一切人。"

大使清了清嗓子，他不习惯这种直接表达感情的方式。

"那好，看在你爱我们的分上，求你了，照你妈妈的希望去做吧。暂时放下绘画这件事，结交一些社会地位相同的朋友，好好学习吧！"

"爸爸，你是爱我的。可你不能这样要求我，因为你一直是我的榜样，教会我为了喜欢的事情而奋斗。你不能要我成为一个没有独立主张的人。"

"我说了:看在爱的分上。我从未这样说过,孩子,但是我现在求你。看在你爱我们的分上,也看在我们爱你的分上,回家吧!不是说你的肉体,而是你的心。你在逃离现实,自欺欺人。

"从你出生那天起,我们就对你寄托了全部希望。你是我们的一切,你是过去,你更是未来。你的祖父母只是普通公务员,为了当外交官,为了获得好的发展,我就像斗牛一样努力。这一切都是为了给你开路,让你的路更容易走。我精心保存着第一次以大使名义签名时用的笔,想着有一天你也坐到这个位置,便把它转送给你。

"孩子,别让我们失望。我们活不了很久了。知道你走上生活的阳关大道,我们才可以安安生生地死。

"如果你真的爱我们,请按我的要求去做。如果你不爱我,那就爱怎么做就怎么做吧。"

爱德华长久地凝视着巴西利亚的天空,看着朵朵白云飘过蓝色的天际。云朵很美,但是落不下一滴雨,去滋润中央高原干涸的土地。他如云朵一般空虚。

如果他坚持自己的选择,母亲会备受煎熬,终至虚弱不堪,而父亲也会失去工作热情,心爱的儿子教育上的失败会让两个人内疚不已。但如果他放弃了绘画,天堂的影像便永远不会出现于世人面前,而世间的其他一切也再不可能让他激动与快乐。

他环顾左右,看到了自己的画。他想起每一次下笔时倾注的爱与感情,忽然觉得这些都是平庸之作。他是个冒牌货:他没有被上帝选中,便想完成这件事,代价是让父母倍感失望。

天堂的影像属于蒙上帝恩宠的男人或女人,虽然在书里他们只是以英雄或信仰的殉难者面目出现。孩提时代,他们便知道世界需要自己,书中的描写不过是小说家的臆想。

晚饭时他对父母说,他们是对的:他从前的想法不过是青年时代的痴梦,现在他对绘画的热情已经消退了。父母很开心,母亲拥抱着儿子,高兴得流下了眼泪。一切都回归了正常。

晚上,大使悄悄地庆祝了胜利,开启了一瓶香槟一个人享用。等他回了房间,妻子已经安然进入梦乡,这是几个月以来她第一次睡得如此安心。

第二天一早,他们却发现儿子的房间一片狼藉。爱德华用刀把画划成了碎片,呆坐在角落里,抬头望着天。母亲拥抱着他,告诉他他们有多爱他,但是他一点儿反应都没有。

他已经厌倦了爱的故事,再不想弄懂这爱。他本想放弃理想,听取父亲的劝告,但是在这条理想之路上,他已经行得太远,早已越过了人与梦想之间的深壑。现在,他已不能回头了。

既不能继续向前,也不能转身回头。因此,逃避成了最简单的出路。

爱德华在巴西又待了五个月。精神科专家给他看过病,诊断他得了一种罕见的精神分裂症,也许是车祸的后遗症。随后,南斯拉夫内战爆发,大使被急召回国。问题越积越多,家人无法照看他,只能把他送到新开办的维雷特精神病院去。

天黑了,爱德华终于讲完了故事,两人冻得瑟瑟发抖。

"我们进去吧,"他说,"晚饭已经开始了。"

"小时候,我每次去看祖母,都会长久地看着墙上的一幅画。画上有一个女人,那就是天主教徒所说的圣母。她站在世界之巅,张开双臂拥抱着大地,光芒从她身上发散出来。

"那幅画里,圣母脚下踩着一条活生生的蛇,那是最让我困惑的地方。我就问祖母:'她不怕蛇吗?她不担心蛇咬她的脚,把她毒死吗?'

"我祖母回答:'《圣经》里说,蛇给世间带来了善,也带来了恶。而圣母则用她的爱把这善与恶掌控在手中。'"

"这与我的故事又有什么关系呢?"

"我认识你不过一个星期,说'我爱你'好像为时过早。可我恐怕挺不过今天晚上了,与你说这个又似乎为时已晚。但是,爱,正是男男女女极尽疯狂之处。

"你告诉了我这个爱的故事。我真心相信你父母是全心全意为你着想,然而这爱却几乎毁了你的生活。我祖母家的那幅画里,圣母脚下踩着一条蛇,这说明爱是两面的。"

"我明白你的意思了。"爱德华说,"电击是我自找的,因为你让我不知所措。我不能确定自己的感受,爱曾毁了我。"

"不要害怕。今天我恳求伊戈尔医生让我离开这里,我想选择一个喜欢的地方,永远合上我的双眼。可当我看到护士们抓着你,我明白了什么是我离世时想看到的形象,就是你的那张脸。所以,我决定不走了。

"电击之后,你睡得正香,我的心脏病又犯了,我以为大限就要到了。我看着你的脸,猜测着你的故事,准备幸福地赴死。但是死神却没有来,也许是还年轻的缘故,我的心脏又一次挺了过去。"

他垂下了头。

"被人爱着,你不需要害羞。我什么都不求,只求你让我爱你,让我再为你弹一夜钢琴——如果我还有气力的话。

"我只要你做一件事:如果你听到有人说我要死了,请到我的病房来,让我实现我的愿望。"

爱德华久久地不发一言,维罗妮卡以为他又回到了自己的世界,不想这么早离开。

终于,他望着维雷特外的隐隐青山,说:

"如果你想离开,我会把你带出去。给我一点儿时间,让我穿上外套,再带上点钱。然后,我们就走。"

"我们不会在一起很久的,爱德华。你知道原因。"

爱德华没有回答。他回到病房,不一会儿便穿着外套走了出来。

"我们会天长地久,维罗妮卡。在这里度过的每一个白天黑夜,我都曾试图忘记天堂的影像。我几乎做到了,然而它们似乎又回来了。"

"我们走吧。疯子就应该做疯事。"

那天晚上一起吃晚饭的时候,人们发现少了四个人。

泽蒂卡不在了,经过长久的治疗,她终于获得了自由。玛丽应该去了电影院,那是她常去的地方。爱德华也不在,可能还没有从电击中恢复吧——想到这里,所有的病人都不寒而栗,只好闷头吃饭。

最后,那个绿色眼眸、棕色秀发的女孩也不在。所有人都知道她绝对撑不过这个周末。

在维雷特,没有人会公然谈论死亡。但是他们的缺席太引人注目,尽管大家都装成没发生什么事一样。一条小道消息在桌子之间传开。

有些人禁不住哭了,因为那浑身上下都洋溢着活力的姑娘,现在却躺在医院后面的小小停尸房里。只有最大胆的人才敢从那里经过,而且必须是在大白天,阳光照耀着一切。那里有三张大理石桌,新死的尸体总是盖着床单,停放在其中一张桌子上。

大家都知道，今天晚上维罗妮卡正躺在那里。疯人院中曾经有个病人，喜欢弹钢琴扰人清梦。真正的疯子不出一个星期便会忘得一干二净。少数人听到这个消息会真的觉得难过，主要是些护士，她们曾在重症监护部照顾过维罗妮卡。但是这里的工作人员都接受过训练，不会与病人建立亲密的关系，因为一些人会离开，一些人会死去，而绝大部分人的病情会不断恶化。她们会伤心一阵，但哀伤很快就会过去。

绝大部分病人听到消息时，会故作震惊与哀伤，实际上他们更觉得欣慰。因为死亡天使又一次大驾光临维雷特，而他们却幸免于难。

晚饭后,博爱会聚在了一起。一位成员传达了一个口信:玛丽没有去电影院。她这一去便不会回来了。不过,她留给他一封信。

大家仿佛毫不在意:她总是与众不同,比任何人都疯。大家住在这里,对这里很满意,唯独她适应不了。

"玛丽永远不明白我们大家有多幸福。"一个人说,"我们与朋友间有很多相同之处。我们按照同样的作息生活,时不时还一起出去活动活动。我们组织讲座,讨论一些重大问题,还可以就此展开辩论。我们的生活几近完美,外面的人想要都得不到。"

"这个你还没说呢:在维雷特,我们被保护了起来,失业、波黑战争、经济危机或暴力,通通影响不到我们。"另一个人评论道,"我们在这里找到了和谐。"

"玛丽交给我一封信。"捎口信的那个人一边说,一边挥了挥信封,"她要求大声朗读,仿佛要跟我们所有人告别。"

年纪最大的人打开了信封,按照玛丽的要求读了起来。读到一半他想停下来,但太迟了,只好硬着头皮继续读完。

我曾经读过一位英国诗人的作品,那时我尚年轻,还当着律师。其中一句给我留下了深刻的印象:"做汩汩而出的泉水,不要做一潭死水。"我曾以为他错了:汩汩而出蕴藏着危险,会淹没土地,那里住着我们所爱之人,这爱与热情会把他们吞没。因此,我尽力让自己生活得如死水一潭,在内心筑起樊篱,从来不曾逾越半步。

不曾想,因为某种我永远无法理解的原因,我得了恐惧症。我成为泉水,喷涌而出,淹没了周遭的一切,这是我终身奋斗想要避免的。结果,我住进了维雷特。

治愈后,我又变回了一潭死水,这时我认识了你们。感谢你们给我的友情、关怀,还有那么多幸福的时光。我们如鱼缸中的鱼儿,饿了便有人给我们吃的,想看外面的世界,透过玻璃窗便能看到。这让我们觉得幸福。

但是昨天,我听到了钢琴声,弹琴的那个女孩恐怕今天就要死去,这让我发现了更为重要的事:这里的生活与外面的生活完全一样。无论是外面还是这里,都是人以群分,大家建构起自己的城墙,不允许异类打扰自己的庸碌。

因为习惯而去做事,因为被迫而去娱乐,学习完全无用的知识,其他人爱发怒就发怒吧。人们最多看看新闻——就像多少次我们一起看新闻那样,只是为了确信在这个充满了问题与不公的世界,自己的生活是多么幸福。

或者可以这样说:博爱会与外面的世界没什么不一样,对玻璃缸外面的世界,人们总是避之不及。一定时期内,这的确会令人欢欣鼓舞。然而人会变的,我现在想去冒险,尽管我已经六十五岁了,也清楚这个年龄会带给我很多限制。我要去波黑,那里的人正等待着我,尽管他们还不认识我,我也不认识他们。但是我知道我是个有用的人,一次冒险抵得上一千个舒服安逸的日子。

信读完了,博爱会的成员相继回到病房,他们暗想,玛丽真疯了,疯得不可救药。

爱德华与维罗妮卡挑了一家卢布尔雅那城最贵的餐厅，要了最好的菜，点了三瓶一九八八年的萨弗拉红酒——本世纪最好的葡萄酒之一，把自己灌得酩酊大醉。他们吃着晚餐，一次都没提维雷特，没有提过去，更没提未来。

"我喜欢你讲的那个蛇的故事。"他说，再一次斟满了酒杯，这已经说不清是第几次了，"不过，你的祖母老糊涂了，那故事她解释得不对。"

"对我祖母放尊重些！"维罗妮卡大喊道，她酒意正浓，喊声令所有宾客为之侧目。

"为这姑娘的祖母干一杯！"爱德华边说，边站了起来，"为坐在我面前的这个从维雷特逃出来的姑娘的祖母干一杯！"

宾客们装成什么事都没发生，把注意力重新集中在自己的菜上。

"为我的祖母干杯！"维罗妮卡坚持不懈。

餐厅的老板来到他们的桌前。

"对不起，请文明一些。"

他们安静了片刻，但没过多久又大喊了起来，说的都是些疯言疯语，举止也很不得体。餐厅老板再一次来到饭桌前，说他们不需要付钱，但必须马上离开。

"这些酒贵死了，我们可省钱了！"爱德华半开玩笑地说，"我们得快点离开。等一会儿，这人该改主意了。"

但是老板主意已定。他拉开维罗妮卡的椅子，虽然表面上很客气，实际上却希望她快点起身。

他们来到中心广场。维罗妮卡看着修女院的出租屋，酒劲慢慢地过去了。她再一次想起自己就要死去的事实。

"再买点酒吧。"她恳求爱德华。

附近正巧有家酒吧。爱德华买了两瓶酒，两人坐在地上开始对饮。

"我祖母讲的故事有什么不妥？"维罗妮卡问。

爱德华喝了不少酒，费了好半天劲才想起自己在餐厅说了些什么。他继续说：

"你祖母说圣母脚下踩着一条蛇，是因为爱必须控制善与恶。这是一种美丽而又浪漫的解释，但不是事实。其实我看过这幅画，是我想画的天堂的影像中的一幅。我曾问过自己为什么要把圣母的形象画成这样。"

"为什么?"

"因为,圣母代表着女性的力量,可以控制代表智慧的蛇。如果你曾注意过伊戈尔医生的戒指,你会看到那上面镌刻着两条蛇盘旋在一根手杖上,这是医生的象征。爱高于智慧,正如圣母高于蛇。对于她来说,一切都是启示。她不会去判断善与恶。"

"你知道吗?"维罗妮卡说,"圣母从不理会别人的想法。想想吧,她怎么跟全世界的人解释圣灵感孕的故事!她什么都不解释,只是说:'就这样发生了。'你知道其他人会怎么说吗?"

"我当然知道了。会说她疯了!"

两个人笑了。维罗妮卡端起酒杯。

"恭喜你。你应该把天堂的影像画出来,而不仅仅是说说而已。"

"我会从你开始画。"爱德华回答道。

小小的广场旁边,有一座小小的山丘。小小的山丘上面,有一座小小的城堡。维罗妮卡与爱德华沿着山路往上走,一边骂,一边笑;一边在冰上滑行,一边抱怨着山路难走。

城堡旁边有一辆巨大的黄色吊车。第一次来卢布尔雅那的人，会觉得城堡正在整修，不久之后工程便会结束。而城中居民却知道，吊车已经在那里放了很多年，尽管谁也不知道为什么。维罗妮卡告诉爱德华，幼儿园的小孩画城堡时，总爱把吊车也加进去。

"而且，那吊车比城堡保存得更好。"

爱德华笑了。

"你恐怕就要死了。"他仗着酒劲说了这句话，但语气中依然流露出一丝恐惧，"这样爬山，你的心脏可受不了。"

维罗妮卡给了他一个长吻。

"好好看着我的脸。"她说，"用你心灵的眼睛记下它，有一天，你要把它再现出来。你可以从这张脸开始画，但是你一定要继续画下去。这是我最后的请求。你信上帝吗？"

"我信。"

"那好。请以你相信的上帝的名义发誓，一定要画我。"

"我发誓。"

"还有，画完我之后，一定要继续画画。"

"我不知道我能不能发这个誓。"

"你能。我还要跟你说：谢谢你赋予我生命的意义。我来到人世间，经历了所有的一切，尝试过自杀，摧毁了自己的心脏，遇见了你，与你一起爬上这座城堡，让你把我的脸铭刻在心。我在这人世间走了一遭，唯一的理由是让你回到那条半途而废的路。请不要让我觉得我的生命毫无意义。"

"或许这的确太早或太迟，可是，我也想像你一样，对你说一声：我爱你。你可以不相信，也许，这只是一句蠢话，一个纯粹的幻想。"

维罗妮卡拥抱着爱德华，此刻，她请求那个她并不相信的上帝把她带走。

她闭上了眼睛，同时感觉到爱德华也合上了眼帘。睡意袭来，她睡得很踏实，没有做梦。死是甜蜜的，带着酒香，温柔地抚摸着她的头发。

爱德华觉得有人摇他的肩膀。他睁开眼睛，天已经亮了。

"你们可以去市政府的庇护中心。"守卫说，"再这样下去，你们就要冻死了。"

在这一瞬间，爱德华想起了昨天晚上发生的一切。女孩蜷缩着身子，躺在他怀里。

"她……她死了。"

但是她动弹了一下，然后睁开了眼睛。

"怎么了？"维罗妮卡问道。

"没什么。"爱德华一边回答，一边把她扶起来，"或者说，奇迹发生了。你又活过了一天。"

伊戈尔医生走进诊室,打开了灯。天还是亮得那样晚,这个冬天比预计的漫长许多。这时,一个护工敲响了他诊室的门。

今天开始得这么早,他暗想。

今天会是麻烦的一天,因为他要跟那女孩谈话。整整一个星期,他都在为此做着准备,前一天晚上他甚至连觉都没睡好。

"有个不好的消息。"护工说,"两个病人不见了,一个是大使的儿子,另一个是那个有心脏病的姑娘。"

"你们这群废物!保卫工作得好好整顿一下了!"

"原来没有人跑过呀。"护工害怕地说,"我们也不知道居然能逃得出去。"

"滚!我得给股东写报告,要通知警察,还要采取防范措施。告诉别人,不要来打扰我,这些工作费时费力。"

护工离开时脸色苍白,心里明白惹了这么大的麻烦,自己肯定撇不清干系。强者就是这样对付弱者的。他百分之百地确信,不等今天过完,他就会被辞退。

伊戈尔医生拿出一个笔记本放在桌子上,本打算做记录,却突然改变了主意。

他关上灯,初升的太阳将曙光洒入房间。他笑了。一切尽在掌握中。

不久以后,他会把所有有用的东西都记下来,告诉别人他发现了类矾的唯一治疗方法,那便是生存意识。在他的第一次伟大试验里,他成功地唤醒了病人的死亡意识,这便是他用的药。

也许其他方法也是有效的,但是在论文里,伊戈尔医生决定集中谈谈生存意识这个问题,因为一位误打误撞进入他的研究中的姑娘,这成了他唯一有机会进行科学实验的方法。她入院时情况危殆,中毒很深,而且出现了昏迷迹象。她在地狱门口徘徊了差不多一个星期,这段时间足够伊戈尔医生想出一个进行实验的绝妙办法。

这一切只取决于一件事:这姑娘能不能活下来。

她活了下来。

而且居然没有一点儿后遗症或不可逆转的毛病。如果她保养得宜，完全可以活到或活过他这个岁数。

不过，伊戈尔医生是唯一知道这件事的人。他清楚自杀未遂者迟早会有第二次自杀行为，为什么不能把她当成小白鼠呢？这样，或许能找到对抗类矾或苦病的方法。

伊戈尔医生构思了一个计划。

他开了一种叫费诺塔尔的药，使用后会产生类似心脏病发作的症状。待这药用上一个星期，她一定会感到非常恐惧，因为她有足够时间去思索死亡并审视自己的生活。这样，按照伊戈尔医生论文（最后一章的题目是"死亡意识激励我们活得更久"）的观点，这姑娘就这样清除了体内的类矾，再也不会自杀了。

今天他本来要和她见面，准备告诉她，因为打的那些针，她的心脏完全恢复了健康。现在维罗妮卡逃跑了，倒省得他再次扯谎，那真是不快的体验。

伊戈尔医生想不到的是类矾的治疗也可以传染。维雷特里有很多人意识到死神正毫无察觉地慢慢走来，因此心中充满了恐慌。所有人不得不想起正在失去的一切，并重新评价自己的生活。

玛丽要求出院。另有一些病人要求复查。大使的儿子最令人担忧,他竟然跑得无影无踪,显然他是想帮助维罗妮卡逃跑。

也许他们正在一起,他想。

无论如何,大使的儿子如果想回维雷特,也知道这里的地址。伊戈尔医生因为自己的成就兴奋不已,对这种小事索性不那么关注了。

有一段时间,伊戈尔医生的脑子里冒出过另一个疑问:维罗妮卡迟早会发现她不会死于心脏病。实际上她只要找个专家,便知道自己的身体完全正常。到那时,她可能会觉得维雷特的医生完全是一窍不通。不过,所有敢于研究禁忌的人都需要有勇气,要有被人误解的胆量。

然而很多天里,她会以为死亡将突然而至,并因此担惊受怕,这是不是有些过分了呢?

伊戈尔医生思考着各种可能性,得出了结论:这一点儿都不过分。她会觉得每一天都是奇迹。我们脆弱生命中的每一秒钟,都会有不可思议的事情发生,因此每一天都称得上是奇迹。

他发现照进来的光线越来越强,到病人吃早饭的时间了。一会儿,他的候诊室里将会人满为患,他就得去处理每天都重复出现的问题，所以还是立即把论文要点写出来吧。

他开始仔细记录下维罗妮卡的实验，而关于医院设施不足的报告，准备晚些再写。

      一九九八年于圣贝尔纳黛特日[①]

[①] 圣徒日，每年的四月十日，为纪念法国女圣徒圣贝尔纳黛特。

图书在版编目（CIP）数据

维罗妮卡决定去死 /（巴西）保罗·柯艾略著 ；闵雪飞译.--2版. --北京：北京十月文艺出版社，2025.3.（2025.4重印） -- ISBN 978-7-5302-2464-9

Ⅰ. I777.45

中国国家版本馆CIP数据核字第2025C7D483号

著作权合同登记号　图字：01-2024-6166

Veronika decide morrer by Paulo Coelho
Copyright © 1998 by Paulo Coelho
http://paulocoelhoblog.com/
This edition was published by arrangements with Sant Jordi Asociados Agencia Literaria, S.L.U., Barcelona, Spain, www.santjordi-asociados.com, through Bardon Chinese Creative Agency Ltd.
Simplified Chinese edition © 2025 by ThinKingdom Media Group Limited.
All Rights Reserved.

维罗妮卡决定去死
WEILUONIKA JUEDING QU SI
〔巴西〕保罗·柯艾略 著
闵雪飞 译

出　　版	北京出版集团 北京十月文艺出版社
地　　址	北京北三环中路6号
邮　　编	100120
网　　址	www.bph.com.cn
发　　行	新经典发行有限公司 电话 (010)68423599
经　　销	新华书店
印　　刷	北京盛通印刷股份有限公司
版　　次	2025年3月第2版
印　　次	2025年4月第2次印刷
开　　本	850毫米×1092毫米　1/32
印　　张	7
字　　数	130千字
书　　号	ISBN 978-7-5302-2464-9
定　　价	55.00元

质量监督电话　010-58572393
如有印装质量问题，由本社负责调换

版权所有，未经书面许可，不得转载、复制、翻印，违者必究。